21.8.

RUTH RENDELL

# Das Haus der geheimen Wünsche

*Buch*

Es ist schon fast ein Paradies, das die Kinder Piers, Rosario, Petra und Will in ihren Ferien auf Mallorca erleben. Heißer Sommer, blaues Meer, ewige Sonne, ein Kaleidoskop von Farben und Blüten. Am Strand herumtollen, die Insel auf eigene Faust entdecken, ein leer stehendes Haus, das von den Einheimischen das »Haus der geheimen Wünsche« genannt wird, erkunden. Die aufkeimende Liebe zwischen Rosario und ihrem Vetter Piers allerdings nimmt schon ein wenig von dem Glück, ruft sie doch bei Petra das Gefühl hervor, zurückgesetzt zu sein. In Will findet sie keinen geeigneten Partner. Als das junge Liebespaar nach einem langen Spaziergang nicht zurückkehrt, zerreißt die Idylle vollends. Ob sie ermordet wurden, weggelaufen oder ertrunken sind, bleibt offen. Vierzig Jahre nach dem mysteriösen Ereignis meldet sich ein Pärchen bei Petra, das behauptet, Piers und Rosario zu sein. Petra glaubt ihnen sofort, auch wenn sie als Alleinerbin eines Bauimperiums nun teilen muss. Handelt es sich bei den beiden aber wirklich um Bruder und Cousine?

*Autorin*

Ruth Rendell wurde 1930 in South Woodford/London geboren. Nach der Schule arbeitete sie zunächst als Journalistin, bevor sie sich ganz dem Schreiben widmete. Ruth Rendell, die auch unter dem Pseudonym Barbara Vine bekannt ist, lebt heute abwechselnd in Suffolk und London.

*Von Ruth Rendell außerdem im Goldmann Verlag erschienen:*

Die Brautjungfer. Roman (41240) · Die Werbung. Roman (42015/5853) · Der Liebe böser Engel. Roman (42454/44763) · Mord am Polterabend. Roman (42581/5382) · Das geheime Haus des Todes. Roman (42582/5927) · Mord ist ein schweres Erbe. Roman (42583/44765) · Eine entwaffnende Frau. Roman (42805) · Der Krokodilwächter. Roman (43201) · Lizzies Liebhaber. Stories (43308) · Schuld verjährt nicht. Roman (43482) · Die Tote im falschen Grab. Roman (43580/44769) · Phantom in Rot. Roman (43610/44766) · Der Kuß der Schlange. Roman (43717/44762) · Die Verblendeten. Roman (43812/44771) · Alles Liebe vom Tod. Roman (43813/44760) · Der Tod fällt aus dem Rahmen. Roman (43814/44768) · Flucht ist kein Entkommen. Roman (43815/44761) · Die Besucherin. Roman (43962/45350) · Urteil in Stein. Roman (44225/44770) · Die Herzensgabe. Roman (44363/44939) · Der Herr des Moors. Roman (44566) · Leben mit doppeltem Boden. Roman (44590) · Mancher Traum hat kein Erwachen. Roman (44664) · Wer Zwietracht sät. Roman (44672/5471) · Mord ist des Rätsels Lösung. Roman (44764) · See der Dunkelheit. Roman (44910) · Durch Gewalt und List. Roman (44978) · Schweiß der Angst (44979) · Die Wege des Bösen. Roman (44980) · Kein Ort für Fremde. Stories (45012) · Das Verderben (45129) · Der Liebe böser Engel / Mord am Polterabend. Zwei Romane in einem Band (13177/13314) · Schuld verjährt nicht / Phantom in Rot. Zwei Romane in einem Band (13326)

Ruth Rendell

# Das Haus der geheimen Wünsche

Roman

Aus dem Englischen von
Renate Orth-Guttmann

GOLDMANN

Die englische Originalausgabe erschien 1990 unter dem Titel
»The Strawberry Tree«
bei Pandora Press, Unwin Hyman Ltd., London.

*Umwelthinweis:*
Alle bedruckten Materialien dieses Taschenbuches
sind chlorfrei und umweltschonend.

Der Goldmann Verlag ist ein Unternehmen
der Verlagsgruppe Random House GmbH

Neuveröffentlichung Mai 2003

Umschlaggestaltung: Design Team München
Umschlagfoto: Wolf Huber
Satz: DTP Service Apel, Hannover
Druck: Elsnerdruck, Berlin
Krimi 5500
JE · Herstellung: Max Widmaier
Made in Germany
ISBN 3-442-05500-8
www.goldmann-verlag.de

1 3 5 7 9 10 8 6 4 2

# I

Das Hotel, in dem wir wohnen, hat mein Vater gebaut. Es soll, so versichert man mir allenthalben, das beste Hotel in Llosar sein, und das größte und hässlichste ist es allemal. Von weitem meint man, es sei aus weißem Karton gemacht oder aus Hunderten von Umschlägen zusammengesetzt, deren Klappen offen stehen. Die Innenausstattung brüstet sich mit den üblichen Attributen konventioneller Eleganz, bronzefarbenen Spiegelflächen und kupferfarbenen Marmorplatten, und in der Halle steht in Terrakottagefäßen von unbestimmt klassisch-römischem Aussehen ein Heer von Hibiscuspflanzen mit trompetenförmigen Blüten, rot wie Husarenröcke.

Das Hotel hat einen Swimming-Pool und einen Raum voller Fitnessgeräte, drei Restaurants und zwei Bars. Ein Apparat putzt einem die Schuhe, ein anderer bereitet Eiswürfel. Einst sahen wir den jungen Männern zu, wie sie *palo* tranken, aus langen, dünnen bogenförmigen Gefäßen, die den Alkohol in einem kühnen Bogen verspritzten. Jetzt mixt der Barkeeper im Hotel Cocktails, die *Mañanas* heißen und berühmt sein sollen. Wir haben sie gestern probiert, auf der Terrasse hinter dem Hotel. Von dort kann man, wenn man nicht – wie die meisten Leute – auf den Swimming-Pool schaut, das Auge im doppelten Sinne auf dem Garten ruhen lassen. Hier blüht und gedeiht der Arbutus, der zur gleichen Zeit weiße Blüten und reifende Erdbeeren trägt, ein Phänomen, von dem ich gehört, das ich aber bislang nie mit eigenen Augen gesehen hatte, denn es ist Oktober, und damals war ich im Sommer hier.

Wir haben Zimmer mit jenen Balkonen, die wie Briefumschläge aussehen, mit Blick auf die Bucht. Fischerboote gibt es nicht mehr, der Pier des alten Hotels mit seinem Weinlaubbaldachin ist verschwunden, und aus dem alten Hotel selbst ist ein Kasino geworden. Doch der Hafen ist noch da mit dem Standbild der Jungfrau, *Nuestra Doña de los Marineros,* wo Piers und Rosario und ich, im tiefen grünen Wasser schwimmend, zum ersten Mal Will sahen, der auf der gedrungenen Steinmauer saß.

Die ganze »Promenade« – so muss ich sie wohl nennen – säumen an Stelle der früheren Häuserzeile Hotels und Restaurants, Souvenirläden und Reisebüros, Cafés und kleine Bars. Die Kirche mit ihrem braunen Glockenturm und dem flachen Ziegeldach, die einst diesen Küstenstrich beherrschte, steht wie verloren zwischen den Neubauten, zur Bedeutungslosigkeit geschrumpft vor dem riesigen Thomson Holiday Hotel. Ich habe das Zimmermädchen gefragt, ob sie in letzter Zeit Quallen in Llosar hätten, aber sie hat nur den Kopf geschüttelt und etwas von *contaminación* gemurmelt.

Das Haus, das uns José-Carlos und Micaela zur Verfügung gestellt hatten, ist noch da, allerdings erheblich ausgebaut und vergrößert, zuckergussrosa getüncht und von dem schnörkeligsten schmiedeeisernen Gitter umgeben, das ich je gesehen habe, eiserne Klöppelspitze für ein Riesentischtuch um die Zuckergusstorte eines Riesenkindes. Ich glaube kaum, dass Rosario es wiedererkennen würde. Im Binnenland hat sich, soweit ich das beurteilen kann, nicht allzu viel verändert. Bisher habe ich mich noch nicht dorthin gewagt, obgleich unser Leihwagen sehr ordentlich ist. Ich gehe ein Stückchen hügelan, bis das Dorf hinter mir liegt, schaue zu den gelben Hügeln hoch, zu den Ölbäumen und Wacholdern und den breiten, geraden Straßen, die jetzt Schneisen durch die Landschaft schlagen, aber das Spukhäuschen, die *Casita de Golondro,* kann ich nicht erkennen. Von hier hat man es auch damals nicht sehen können. Es verbirgt sich in einer Talmulde, die von Pinien und Johannisbeergehölz gesäumt ist. Unser Hoteldirektor hat mir heute Vormittag erzählt, dass es jetzt ein *parador* ist, der erste auf Mallorca.

Wenn das, was mich hergeführt hat, erledigt ist, will ich es mir einmal ansehen. Diese in staatlicher Regie betriebenen Hotels, von denen es auf dem Festland schon viele gibt, sollen sehr angenehm sein. Wir könnten zum Abendessen hinfahren. Ich werde es den anderen vorschlagen. Sollten sie aber auf die Idee kommen, dass man doch dorthin umziehen könnte, werde ich Nein sagen, das habe ich mir vorgenommen. Würde ich dort wohnen, müsste ich früher oder später jenen Raum wiederentdecken oder ihn absichtlich meiden. Ehrlich gesagt wünsche ich mir gar keine Erklärung mehr. Ich möchte meine Ruhe haben, ich möchte, wenn das nicht zu überspannt klingt, glücklich sein.

Mein Termin in Muralla ist morgen Früh um zehn, ein Beamter der Guardia Civil erwartet mich, sein Rang entspricht, soweit ich weiß, dem eines Superintendents in unserer Kriminalpolizei. Er wird mir zeigen, was es zu sehen gibt, ich werde mir alles ansehen und versuchen, mich zu erinnern, und ihm meine Antwort geben. Ich habe noch nicht entschieden, ob ich die anderen mitnehmen soll, und weiß auch nicht, ob ihnen daran läge, mitzukommen. Es wird wohl das Beste sein, wenn ich dies – wie so vieles in den vergangenen Jahren – allein erledige.

## 2

Fast vierzig Jahre ist es her, seit wir, Piers und ich und unsere Eltern, zum ersten Mal nach Mallorca reisten, in das Haus, das unser spanischer Vetter uns zur Verfügung stellte, weil meine Mutter krank gewesen war. Sie litt an Depressionen und einem generellen Gefühl der Mattigkeit und Lethargie, aber der Grund dafür war das Kind, das sie verloren hatte, war eine Fehlgeburt. Schon damals, ehe es wirklich nötig gewesen wäre, bemühten sich meine Eltern darum, weitere Kinder zu bekommen, bemühten sich darum – wovon ich natürlich nichts wusste –, seit ich dreizehn Jahre vorher zur Welt gekommen war. Es war, als wüssten sie dank einer traurig-abergläubischen Vorahnung, dass sie ihr Taubenpaar nicht immer haben würden.

Ich erinnere mich an den Brief, den José-Carlos an meinen Vater schrieb. Die beiden hatten im spanischen Bürgerkrieg zusammen gekämpft, waren seither eng befreundet und schrieben sich sporadisch, obgleich er der Vetter meiner Mutter und nicht meines Vaters war. Die Tante meiner Mutter hatte einen Spanier aus Santander geheiratet, und José-Carlos war ihr Sohn. Wir wussten deshalb alle, wo Santander war, von Mallorca aber wussten wir so gut wie nichts. Zumindest mussten wir es auf der Karte suchen. Bis auf Piers natürlich, der sich in diesen Dingen auskannte. Piers hätte uns sagen können, dass Mallorca die größte der Baleareninseln war, Provinz Baleares im westlichen Mittelmeer, und wohl auch, dass sie eine Ausdehnung von etwas über 1400 Quadratmeilen hatte. Aber zu den vielen erfreulichen Eigenschaften meines gescheiten Bruders, dieses Glückskindes, gehörte auch seine Bescheidenheit. Ungebetene Belehrungen zu erteilen war nicht seine Art. Auch er stand da und sah über Vaters Schulter auf den Universitätsatlas von Goodall & Darby, eine Vorkriegsausgabe, für den das britische Empire der Nabel der Welt und das Mittelmeer nur ein unbedeutendes Binnengewässer war. Er stand da und schwieg wie wir.

Die winzigen Balearen schwammen grüngolden auf hellem Blau in den Armen von Barcelona und Valencia. Majorca (in Klammern Mallorca) war ein Planet mit Begleitmonden: Formentera, Cabrera, aber auch Menorca und Ibiza. Wie seltsam es heute anmutet, dass wir von Ibiza noch nie gehört hatten, dass wir keine Ahnung hatten, wie man es ausspricht, während Minorca nur ein Ort war, nach dem man eine Haushuhnsorte benannt hatte.

Das Haus von José-Carlos stand in einem Ort, der Llosar hieß. Er schilderte Haus und Umgebung in fast entschuldigendem Ton, die Schönheit herunterspielend, rustikale Unzulänglichkeiten unterstreichend. Das Haus lag an der Nordwestküste mit Blick aufs Meer, einen Steinwurf vom Dorf entfernt, einem durchaus unbedeutenden Dorf mit einigen wenigen kleinen Läden und einem Hotel. Sein Englisch ist so gut, dass er uns richtig beschämt, sagte mein Vater, wir werden unser Spanisch aufpolieren müssen, Mutter und ich.

Das Haus gehöre uns den ganzen Juli und August über oder solange wir Kinder Ferien hätten. Es sei sehr ruhig dort, man könne nicht viel unternehmen, nur schwimmen und in der Sonne liegen, Fisch essen und in der Taverne etwas trinken, falls meine Eltern Lust dazu hätten. Im Südosten der Insel gab es Tropfsteinhöhlen und unterirdische Seen, die einen Besuch lohnten, sofern wir uns den Leihwagen anvertrauen mochten, die auf der Insel zur Verfügung standen. Allmählich kämen auch Touristen, aber allzu viele würden es nicht sein, da es nur ein Hotel gab.

Llosar war auf unserer Karte eingetragen, auf einer Landzunge im Norden der Insel. Die Hauptstadt, Palma, erschien uns ziemlich groß, bis wir sahen, dass die Buchstaben die gleiche Größe hatten wic Alicante auf dem Festland. Piers und ich waren noch nie im Ausland gewesen. Wir waren Kriegskinder, vor Beginn des Krieges geboren und durch ihn auf unserer belagerten Insel festgehalten. Und seit Kriegsende hatten wir geduldig auf eine solche Gelegenheit warten müssen – eine Reise, die nicht allzu viel kostete und keine langfristigen Planungen erforderte.

Ich freute mich unbändig auf diese Ferien. Ich war nie krank gewesen, jetzt aber, da das Trimester seinem Ende zuging, hatte ich die größte Angst davor, irgendein Leiden könne mich plötzlich und unerwartet heimsuchen. Denkbar war das durchaus. Damals, vor der allgemeinen Impfpflicht, bekam jeder früher oder später die Masern. Ich hatte sie noch nicht gehabt. Piers war im vergangenen Jahr für eine Operation im Krankenhaus gewesen, aber mir hatte man noch nicht mal die Mandeln herausgenommen. Möglich war alles. Ich kam mir verletzlich vor, lebte täglich in der Angst vor den unerklärlichen Bauchschmerzen, den roten Pünktchen auf der Haut, dem Husten. Ich fing sogar an, frühmorgens Temperatur zu messen, genau wie es meine Mutter tat, die allerdings andere Gründe dafür hatte. Sie würden ohne mich fahren. Warum nicht? Es wäre nicht fair, vier Leute um einer einzigen Person willen zu Hause fest zu halten. Man würde mich, wenn ich aus dem Krankenhaus kam, zu Tante Sheila schicken.

Doch dann kam alles ganz anders. Unsere Gruppe sollte sich nicht verkleinern, sondern um ein Mitglied vergrößern. Der zweite Brief von José-Carlos klang noch entschuldigender, und zwar diesmal mit Recht, wie ich fand. Er habe eine Bitte. Natürlich sollten wir gleich Nein sagen, wenn es uns nicht recht sei. Rosario würde sehr gern im Haus bleiben, solange wir da waren. Rosario liebe das Haus und sei es gewöhnt, die Sommerferien dort zu verbringen.

»Rosario? Was ist denn das für einer?«, fragte ich.

»Es ist ein Mädchen«, sagte meine Mutter. »Die Tochter

von José-Carlos. Inzwischen dürfte sie fünfzehn oder sechzehn sein.«

»Einer dieser spanischen Namen«, erläuterte mein Vater, »die eine Kurzform für Maria von Sowieso sind. Maria del Pilar, Maria del Consuelo oder in diesem Falle Maria del Rosario, Maria vom Rosenkranz.«

Ich war sehr betroffen. Ich wollte sie nicht dabeihaben. Der Gedanke an eine junge Spanierin in unserem Kreis erfüllte mich mit Bestürzung. Ich konnte sie mir vorstellen, groß und dunkel, mit schwarzem, wallenden Haar, beim Tanzen schwingenden Stufenröcken, Kamm und Mantilla – es hätte nicht viel gefehlt, und ich hätte ihr in meiner Fantasie noch eine Rose zwischen die Zähne gegeben.

»Wir können José-Carlos schreiben, dass es uns nicht recht ist.« Mir erschien das durchaus plausibel. »Wo er es doch selbst vorschlägt ... Wenn wir es gleich machen, weiß sie rechtzeitig Bescheid, dass sie nicht da sein soll.«

Meine Mutter lachte, mein Vater blieb ernst. Wenn ich jetzt, nach so langer Zeit, zurückdenke, vermute ich, dass er damals schon meine Art verstand und sich Gedanken darüber machte. Er sagte freundlich, aber ohne zu lächeln: »Er hat es nicht so gemeint, es war nur eine Höflichkeitsfloskel. Wir können ihm die Bitte unmöglich abschlagen.«

»Außerdem«, sagte Piers, »ist sie vielleicht sehr nett.« Diese Möglichkeit kam für mich überhaupt nicht in Betracht. Ich begegnete damals fast allen Menschen mit Argwohn und habe mich in dieser Hinsicht kaum geändert.

Noch immer stelle ich mich darauf ein, meine Mitmenschen abzulehnen und von ihnen abgelehnt zu werden. Ich rechne mit ihrer Lieblosigkeit, ihrer Niedertracht, ihrem Neid. Wenn jemand mich zum Abendessen einlädt und hinzufügt, ein Bekannter oder eine Bekannte sei da, mit dem oder mit der ich mich prächtig verstehen würde, sage ich sofort ab. Ich fürchte solche Begegnungen. Die neue Bekanntschaft ist in meiner Voreinschätzung kalt, egozentrisch, boshaft, darauf aus, mich zu kränken oder zu verletzen, ist hübsch oder bildschön, gut gekleidet und geistsprühend, findet mich unattraktiv oder dumm, wird entweder nicht mit mir reden wollen oder wenn, dann mit dem Ziel, mich zu demütigen.

Ich kann nicht über meinen Schatten springen. Ich habe es versucht. Psychotherapeuten haben es versucht. Das ist – unter anderem – der Grund dafür, dass ich, obwohl ich reicher bin, als die meisten Leute es sich in ihren kühnsten Träumen vorstellen können, dazu durchaus intelligent und eloquent, bis vor kurzem ein einsames Leben geführt habe, isoliert, nicht so sehr vernachlässigt als der Gegenstand von Bemerkungen wie:

»Petra kommt ja doch nie, man braucht sie im Grunde gar nicht erst einzuladen ...« und: »Man muss Petra so weit im Voraus anrufen oder ihr schreiben und so viele Vorbereitungen treffen, ehe man auf eine Tasse Tee vorbeischaut, dass es kaum den Aufwand lohnt.«

Es ist nicht so sehr Schüchternheit, nein, da ich selbst

eine kalte Natur bin, habe ich Verständnis für die Verachtung und Gleichgültigkeit der Kaltherzigen und mag nicht ihr Opfer werden. Ich mag mich nicht einem Blick, einem Lachen, einer verletzenden Bemerkung aussetzen, die mich »klein und hässlich« machen könnten, wie es in einer Redensart so treffend heißt. Eine andere Redensart aber kann ich nachvollziehen, wenn jemand von sich sagt, er würde am liebsten im Erdboden versinken; es ist dies nicht etwas, was ich mir wünsche, sondern etwas, was mir Tag für Tag geschieht. Erst im letzten Jahr hat in dieser Beziehung Tauwetter eingesetzt, beginnt sich langsam, mit großer Verspätung, mein Herz zu öffnen.

Und deshalb vergällte mir die Aussicht auf Rosarios Gesellschaft die letzten Tage vor unserer Spanienreise. Sie würde hübscher sein als ich. Und größer. Später betrachtet man es eher als Vorteil, wenn man eine ältere Freundin hat, nicht aber mit dreizehn. Rosario war älter und deshalb gescheiter, weltgewandter, sie war mir überlegen und wusste es. Auch war mir der erschreckende Gedanke gekommen, dass sie möglicherweise kein Englisch sprach. Sie würde eine Erwachsene sein, die Spanisch mit meinen Eltern parlierte und sich mit ihnen in der großen Erwachsenenverschwörung zusammentat gegen all jene, die noch Kinder waren.

So war denn die Vorfreude durch düstere Befürchtungen zunichte gemacht, und auch in meinem späteren Leben ist es mir nie anders gegangen – bis jetzt.

Wer heute nach Mallorca will, dem werden direkte Charterflüge von Heathrow und Gatwick, wer weiß, vielleicht sogar von Stansted aus angeboten. Es kann gut sein, dass mehr Menschen auf Mallorca Urlaub machen als an jedem anderen Ort der Welt. Damals mussten wir mit der Bahn nach Paris fahren und dort umsteigen in einen anderen Zug, der uns durch Frankreich und die Nacht fuhr; bei Sonnenaufgang rollten wir an den Mauern von Carcassonne vorbei, und vormittags überquerten wir die spanische Grenze. Ein kleines, leichtes und vermutlich schlecht gewartetes Flugzeug brachte uns von Barcelona nach Palma, und einer der unzuverlässigen, klapprigen Leihwagen, auf die José-Carlos in seinem Brief angespielt hatte, beförderte uns von Palma in den Norden.

Ich war im Wagen eingeschlafen, den Kopf an die Schulter meiner Mutter gelehnt, und sah deshalb nichts von jener Landschaft, die uns so vertraut werden, die uns mit ihrer Schönheit entzücken und uns letztendlich verraten sollte. Das Meer war das Erste, was ich nach dem Erwachen sah, es war von dunklem, seidigem Pfauenblau, ein Spiegel des klaren, wolkenlosen Himmels. Und die Hitze hüllte mich ein wie ein Schultertuch, als ich ausstieg und auf den hellen, trockenen Steinen stand, über die streifig die schmalen Schatten der Wacholder fielen.

Ich hatte noch nie etwas so Schönes gesehen. Die Küste, die die Bucht umschloss, war dicht bewaldet, mit dunklem, üppigen Grün, der Strand aber war silbrig-hell. Ein Strang von Häusern zog sich an der Küste entlang, weiße Häuschen mit flachen Ziegeldächern, daneben die Kirche mit dem schlichten, kantigen Glockenturm und das Hotel, dessen Terrasse, mit Weinlaub überwachsen und ins Meer hinausragend, halb Pier, halb Baumhaus war. Dahinter und weit ins Land hinein, in der Richtung, aus der wir gekommen waren, erstreckte sich, zu den Bergen hin ansteigend, gelbes Hügelland, hie und da gesprenkelt mit grauen Bäumen und grauen Steinen. Und allenthalben standen die Zypressen, nie zuvor hatte ich solche Bäume gesehen, schwärzer als Ilex, stängeldünn, wie Gruppen von Säulen beisammenstehend oder einzeln wie Obeliske, deren Schatten am Abend ein endlos wiederholtes Strichmuster auf das Gras zeichneten. Über all dem brannte die Sonne in trockener, weißer, erbarmungsloser Glut.

Kinder sind gute Beobachter. Sie haben sonst nichts zu tun. Später ist die Frage nicht nur, wie in dem bekannten Gedicht: *Heißt Leben nur Geschäfte treiben und nicht auch staunend stehen bleiben?*, später lässt uns das Leben beim besten Willen keine Zeit mehr zum Staunen oder Stehenbleiben, wir können die Uhr nicht zurückdrehen, das ist nun mal der Lauf der Welt. Wenn wir jung sind, vor dem Studium, vor der Liebe, vor der gesicherten Stellung und der eigenen Wohnung, wird uns – sofern wir eine glückliche Jugend und gute Eltern haben – alles abgenommen. Wir bekommen unser Essen vorgesetzt, unsere Betten werden gemacht, unsere Sachen gewaschen und neue gekauft, andere verdienen das Geld, das nötig ist, um sie zu kaufen, fahren uns in der Gegend herum und bieten uns ein Dach über dem Kopf. Über all diese Dinge brauchen wir nicht nachzudenken, uns nicht zu sorgen. Noch bläst uns die Zeit nicht ihren heißen Atem ins Genick, noch sagt sie nicht geh, geh, geh, eile dich, du hast alle Hände voll zu tun, du bist spät dran, komm, komm, komm, eile dich.

Deshalb können wir staunend stehen bleiben. Oder uns an eine Mauer lehnen, das Kinn in die Hände, die Ellbogen auf den warmen, rauen Stein gestützt, und das bewundern, was unter uns liegt: die blauseidene See, die ein Spitzensaum im Sand entfaltet. Die Felsen, wie ungeschliffene Achate, in einen Silberreif gefasst. Wir können uns in ein Feld legen, ohne zu denken, träumend, und durch tausend Grashalme hindurch das winzige Leben betrachten, das dort herumwuselt wie zwischen den Baumstämmen eines Waldes. In wenigen Jahren wird das nicht mehr möglich sein, dann drängen die Sorgen des Lebens herein, lenken den Geist ab, verderben den Tag und öffnen den Feinden der Kontemplation – der Langeweile, der Kälte, der Gezwungenheit, der nagenden Unrast – Tür und Tor.

Mit dreizehn stand ich am Scheideweg zwischen dem Einst und Jetzt. Ich konnte noch staunend stehen bleiben, konnte trödeln und träumen, die Zeit war noch mein Spielzeug und noch nicht mein Meister, aber schon regten sich Erwachsenensorgen. Die Menschen waren eine Realität, waren schon jetzt die einzig wirkliche Bedrohung. Wenn ich am liebsten dort stehen geblieben wäre und mich weiter an meine Mauer gelehnt hätte, von der gleich einem entrollten Ballen Purpursamt jene Schlingpflanze hing, die ich später Bougainvillea zu nennen lernte, dann ebenso aus Angst vor der Begegnung mit José-Carlos und seiner Frau Micaela und mit Rosario, ihrer Tochter, wie aus dem Wunsch heraus, noch länger den schönen Blick zu genießen. Denn noch während ich hinsah, hörte ich schon im Geist ihre Bemerkungen, die darauf abzielten, mich herabzusetzen.

»Petra!«

Mein Vater rief nach mir; er stand vor einem weißen Haus, das im Obergeschoss einen umlaufenden Balkon hatte. Zypressen säumten die Mauern und drängten sich dicht an dicht in dem Garten dahinter wie schwarze, spitzige Stalagmiten. Neben ihm stand ein Mädchen, das, so viel erkannte ich sogar von weitem, kleiner war als ich, klein und dünn, mit einem schmalen Gesichtchen, das zwischen schweren dunklen Haaren hervorsah wie durch eine Toröffnung. Auf den Gedanken, dies könne Rosario sein, kam ich nicht, ich hielt sie für die Tochter einer Haushälterin oder Putzfrau, mit der man mich nicht bekannt machen würde. Ich sah sie kaum an. Schon wappnete ich mich für die bevorstehende Begegnung, verhärtete mich, verdrängte alle Gedanken. Im weißen Sonnenlicht ging ich zum Haus, stand schon auf der Schwelle, hatte die Haustür aufgestoßen, als er mir ihren Namen nannte.

»Komm und sag deiner Cousine guten Tag.«

Nun musste ich mich wohl oder übel umdrehen und sie ansehen. Sie war überhaupt nicht so, wie ich sie mir vorgestellt hatte. Das sind die Menschen nie, und ich weiß das genau, wusste es wohl schon damals, aber dieses Wissen änderte nichts. Ich habe mir nie sagen können, warte es ab, hüte dich vor vorschnellen Urteilen, schlag nicht gleich zurück. Mit einiger Überwindung blickte ich zu ihr hoch. Wir gaben uns nicht die Hand, sondern sahen uns nur an und sagten hallo. Sie hatte Schwierigkeiten mit dem H, es klang zu stimmhaft. Aus der Nähe merkte ich, dass ich gut und gern zwei Zentimeter größer war als sie. Ihre Haut war blass und leuchtete von innen, ihr Körper elfenzart. Nur mit dem Haar hatte ich Recht gehabt, doch auch das nicht ganz. Rosarios Haar erinnerte an das polierte Holz alter Möbelstücke, es hatte ihre Glätte und ihren Glanz und war etwa zehnmal so lang wie meins. Später zeigte sie mir, dass sie sich draufsetzen, sich darin einhüllen konnte. Meine Mutter sagte zu ihr – es war nett gemeint, als Kompliment –, sie könne beim Festspiel die Lady Godiva sein. Und dann musste ihr natürlich Piers, der wusste, wie die Geschichte richtig ging, genau erklären, wer Lady Godiva war.

Bei unserer ersten Begegnung sagten wir nicht viel. Meine Überraschung war zu groß, und auch – ich gestehe es – meine Genugtuung. Ich hatte eine junge Dame erwartet, eine Mischung aus Carmen und Klosterfrau. Stattdessen stand ein Kind vor mir, ein Kind mit Söckchen und langen Haaren wie Alice im Wunderland. Rosario trug ein kurzes Kleidchen, und um den Hals hatte sie eine Kette mit einem perlenbesetzten Medaillon, in dem ein Bild ihrer Mutter war. Sie ging voran ins Haus und lächelte mir über die Schulter zu, unverkennbar in der Absicht, mir die Befangenheit zu nehmen. Ich taute allmählich auf und begann, wie immer in solchen Momenten, leicht zu zittern. Im Haus standen ihre Eltern mit meiner Mutter und Piers zusammen, sie wollten sich aber nicht lange aufhalten. Sobald sie uns gezeigt hatten, wo alles war und wo wir notfalls Hilfe holen konnten, würden sie sich auf den Weg nach Barcelona machen.

Wir waren einen Tag und eine Nacht und einen halben Tag gereist. Meine Mutter legte sich oben auf das breite Bett mit dem Moskitonetz. Mein Vater duschte. Das Badezimmer hatte keine Wanne, und das Wasser war nicht eiskalt, sondern von köstlich-kühler Frische. »Können wir ins Meer?«, fragte Piers.

»Wenn du willst.« Rosario sprach das sehr korrekte, ein wenig seltsam akzentuierte Englisch, das man von Menschen hört, die gewissenhaften Unterricht in der Sprache hatten, sie aber selten von Engländern haben sprechen hören. »Es gibt hier keine Flut. Man kann schwimmen, wann man will. Sollen wir gleich gehen, dann kann ich es euch zeigen.«

»An so einem Ort«, sagte mein Bruder, »möchte ich jeden Tag ins Wasser gehen, den ganzen Tag lang, ich könnte nie genug davon bekommen.«

»Vielleicht.« Sie legte den Kopf schief. »Wir werden sehen.«

Nach einer Weile bekamen wir natürlich genug davon. Oder sagen wir so: Das Meer war nicht immer die lieblich-heitere Wohltat, als die es uns an diesem ersten Nachmittag erschien. Es gab eine Quallenplage, und einmal hieß es, ein lauernder Hai sei gesichtet worden. Fischer klagten, dass Badegäste ihnen den Fang verscheuchten. Und als Zeitvertreib für den ganzen Tag bekamen wir genug davon. Aber bei jenem ersten Mal und viele Male danach war, wenn wir uns in der warmen blauen Umarmung der See treiben ließen und durch jadegrüne Tiefen in das reiche Meeresleben hinabblickten, auf Fische und Muscheln und die schimmernden Ranken der Unterwasserpflanzen, alles vollkommen, übertraf alles unsere kühnsten Erwartungen.

Am Körper und an den Beinen waren wir weiß wie Fische. Nur unsere Arme waren von dem englischen Sommer leicht gebräunt. Piers war seit seiner Krankheit nicht mehr schwimmen gewesen, aber seine Badehose reichte so weit hinauf, dass die Narbe verdeckt war. Rosarios südländische Haut hatte jenen Olivton, der sich im Wechsel der Jahreszeiten kaum verändert, aber ihre Gliedmaßen wirkten braun im Vergleich zu unseren. Wir setzten uns auf die Felsen in die Sonne, und sie sagte, wir dürften den Strand nicht verlassen, ohne uns anzuziehen, dürften nicht in Shorts durchs Dorf gehen oder – das zielte auf mich – ohne Kopfbedeckung und mit nackten Armen die Kirche betreten.

»Ich glaube kaum, dass ich in die Kirche gehen möchte«, sagte ich.

Sie sah mich ein wenig erstaunt an. Sie hatte überhaupt keine Scheu vor uns, und was wir sagten, brachte sie zum Lachen. »Ihr werdet überallhin gehen, ihr werdet alles sehen wollen.«

»Gibt es so viel zu sehen?« Piers pflegte schon damals auf geschriebenen Text als Beweismittel zurückzugreifen. »In dem Brief deines Vaters stand, dass man hier nur schwimmen und die Höhlen besichtigen kann.«

»Die Höhlen, ja. Natürlich müssen wir euch die Höhlen zeigen. Es gibt hunderterlei Dinge, die man hier machen kann, Piers.«

Zum ersten Mal nannte sie ihn beim Namen. Ich sah, dass er sie herzlicher, mit mehr Wärme betrachtete als vorher. Und tatsächlich erwärmt es uns, mit unserem Namen angesprochen zu werden. Wir alle kennen Menschen, die das kaum tun oder nur, wenn es absolut unumgänglich ist. Sie können Gespräche führen, Fragen stellen, Antworten geben, ohne je einen Vornamen auszusprechen, und stoßen andere vor den Kopf mit ihrer offenkundigen Distanz – all jene, die nicht verstehen können, dass es tiefe Scheu ist, die sie daran hindert, sich auf Namen festzulegen. Es könnte ja sein, dass sie die Namen verwechseln oder zu häufig verwenden und damit eine Intimität geltend machen, auf die sie keinen Anspruch haben, die sie zudringlich, dreist, plumpvertraulich erscheinen lässt. Ich weiß, wovon ich rede, denn ich gehöre zu dieser Gattung Mensch.

Wenig später nannte Rosario mich Petra, und Piers nannte sie Rosario. Ich blieb natürlich auf der anderen Seite jener Brücke, über die ich mich erst nach einigen Tagen wagen sollte.

Wir gingen zum Haus, und Rosario sagte:

»Ich freue mich so, dass ihr gekommen seid.«

Das war keine Höflichkeitsfloskel, sondern klang jubelnd glücklich. Nicht einmal zu Menschen, die ich von klein auf kannte, hätte ich mir vorstellen können, so etwas zu sagen. Wie hätte ich mich so weit vorwagen, mich der Lächerlichkeit, Spott und Verachtung preisgeben können? Und doch verspürte ich bei Rosarios Worten weder Verachtung noch das Bedürfnis, sie ins Lächerliche zu ziehen. Sie freuten mich, vermittelten mir das Gefühl, gebraucht und geschätzt zu werden. Das bedeutete aber noch lange nicht, dass ich es Rosario hätte nachtun können, und jetzt, nach vierzig Jahren, bin ich gerade erst dabei, es zu lernen.

»Ich freue mich so, dass ihr gekommen seid«, wiederholte sie vor meinen Eltern.

»Und wir freuen uns, dass wir hier sind, Rosario«, sagte Piers.

Ich sah, wie er ihr zulächelte, und begriff, dass er bis dahin kein Mädchen so richtig gekannt hatte außer mir.

## 3

Mein Bruder besaß all jene Gaben – gutes Aussehen, Charme, schlichte Nettigkeit und geistige Großmut –, die man (leider oft vergeblich) bei einem von den Göttern besonders begünstigten Menschen erwartet. Meine Eltern beteten ihn an. Sie waren wie Eltern aus einem Märchen, arme Bauern, die wissen, dass sie eigentlich nicht würdig sind, den ihnen von einer Hexe statt des eigenen Kindes in die Wege gelegten Königssohn aufzuziehen.

Nicht, dass er ihnen unähnlich gewesen wäre; er hatte von beiden die besten Merkmale und Wesenszüge wie auch das Beste von ihren Gaben geerbt, von meinem Vater das mathematische Talent, von meiner Mutter die Liebe zur Literatur, von beiden Sanftmut und Humor. In ihm aber waren diese Begabungen gesteigert und übertroffen. Die für das Erscheinungsbild des Menschen verantwortlichen Gene, die in ihm zusammenkamen, schufen weit größere Schönheit, als meine Eltern sie besaßen.

Er war hoch gewachsen, mit sechzehn schon größer als mein Vater, und hatte dunkelbraunes, fast schwarzes Haar, jenes seidig-feine, dunkle Haar, das besonders früh ergraut. Mein Vater, damals noch nicht vierzig, war bereits grau.

Piers hatte blaue Augen wie alle in unserer Familie bis auf meine Tante Sheila, deren Augen türkisfarben sind mit dunkel geränderten Pupillen. Piers hatte kein Filmstargesicht, nicht das Gesicht eines Dressman, der in modischer Kleidung auf einer Anzeige posiert, er sah aus wie das mit liebevoller Genauigkeit ausgeführte Porträt eines präraffaelitischen Malers. Wer Holman Hunts eigenartiges Bild des Valentinus kennt, der die Sylvia rettet, und sich das nachdenklich-sensible, sanftmütige Antlitz des Bewaffneten in Erinnerung ruft, weiß, was ich meine.

In der Schule war er immer der Erste gewesen. Prüfungen, zu denen er regelmäßig vor Gleichaltrigen zugelassen wurde, bestand er stets, und er bestand sie gut. Statt mit achtzehn sollte er schon mit siebzehn Jahren sein Studium in Oxford beginnen. Ob er für Naturwissenschaften begabter war als auf dem Gebiet der Geisteswissenschaften, war schwer zu entscheiden; inzwischen stand fest, dass er Philosophie studieren würde, ebenso gut hätten es aber auch alte Sprachen oder Physik sein können.

Nur in den modernen Sprachen leistete er nicht Herausragendes, auf diesem Gebiet war sein Erfolg nicht größer und häufig geringer als der seiner Altersgenossen, was er auch bereitwillig zugab. An jenem ersten Abend in Llosar beglückwünschte er Rosario zu ihrem Englisch.

»Wie kommt es, dass du so gut Englisch sprichst, Rosario, obgleich du noch nie aus Spanien herausgekommen bist?«

»Ich lerne es in der Schule, und ich habe auch Privatstunden.«

»Auch wir lernen Sprachen in der Schule, manche haben außerdem einen Privatlehrer, aber offenbar wird bei uns trotzdem nichts Rechtes daraus.«

»Vielleicht sind es keine guten Lehrer.«

»Damit reden wir uns heraus, aber ob das stimmt?«

Und dann erzählte er voller Eifer von seinem holprigen Französisch, und dass die zwei Jahre Spanischunterricht reine Zeitverschwendung für ihn gewesen seien. Er würde es ja kaum fertig bringen, sagte er, sie nach der Uhrzeit oder nach dem Weg zu den Läden im Dorf zu fragen. Sie sah ihn an, wie es ihre Art war, den Kopf ein wenig schief gelegt, und sagte, sie würde ihm Spanischstunden geben, wenn er wolle, sie sei eine gute Lehrerin. Kein englisches Mädchen würde einen Jungen so ansehen, offen und abwägend zugleich und dabei seltsam mütterlich, immer praktisch, die Zukunft im Blick. Die braune Haarflut wogte ihr über ihre Schultern und in Wellen den Rücken herunter, eine lange Strähne lag über ihrem Hals wie ein herabhängender Weidenzweig.

Ich habe von meinem Bruder in der Vergangenheit gesprochen, »Piers war ...« und »Piers hat ...«, als habe er jene Eigenschaften nicht mehr, die er einst besaß, oder als sei er tot. Ich will keinen falschen Eindruck erwecken, aber wie anders könnte ich über diese Begebenheiten berichten? Es mag weniger obskur klingen, wenn ich nicht von Tod, vielmehr von einem Verlust spreche, einem unwiederbringlichen Verlust trotz allem, was seither geschehen ist, und von Piers' Wesen nur so, wie es mit sechzehn war, so dass klar wird, wie sehr sich eine Persönlichkeit in vierzig Jahren wandeln kann, wie Redefiguren sich verändern, akademische Kenntnisse verloren gehen und reiche Schätze praktischen Wissens gewonnen werden können. Ich war nicht eifersüchtig auf Piers, aber das war wohl eine Frage des Geschlechts. Wenn man mir gestattet, eine derart unmögliche These aufzustellen, möchte ich sagen, dass ich auf eine Schwester vermutlich sehr wohl eifersüchtig gewesen wäre. Das Mädchen als das weniger begünstigte der Geschwister kann sich immer sagen: Nun ja, so geht man eben um mit Angehörigen des anderen Geschlechts, bei ihnen ist das anders, es ist nicht so, dass ich weniger geliebt werde, dass ich minderwertig bin – nur eben anders. Habe ich mir das gesagt? Vielleicht. Insgeheim, ganz für mich. Fest steht, dass der nächste Schritt nie getan wurde; nie habe ich gefragt, wo denn dann die Vorrechte sind, auf die meine Unterschiedlichkeit eigentlich Anspruch hätte, wo die Sondervergünstigungen für die Töchter, auf die ihre Brüder verzichten müssten. Ich nahm es hin, ohne Eifersucht.

Zuerst verspürte ich keinen Groll, dass Rosario Piers zu ihrem Freund und Begleiter erkor und nicht mich. Ich merkte es natürlich und sagte mir, dass es eine Frage des Alters sei. Dem Alter nach stand sie Piers näher als mir. Und wohl auch – obgleich ich damals dafür keine Worte hatte –

eine Frage sexueller Neugier. Piers hatte nie eine Freundin gehabt, Rosario keinen Freund. Ich war zu jung, um die beiden als Romeo und Julia zu sehen, aber ich spürte, dass sie sich zueinander hingezogen fühlten, wie es bei jungen Leuten üblich ist, wenn sie sich ihres Geschlechts bewusst werden und anfangen, in die Zukunft zu blicken. Es spielte keine Rolle, denn ich war nicht isoliert. Ich war immer dabei, und sie waren beide zu lieb, um mich auszuschließen. Außerdem fanden wir nach ein paar Tagen einen Vierten im Bunde.

Damals waren wir, Piers und ich, noch bezaubert vom Strand und allem, was der Strand zu bieten hatte, von diesem kilometerlangen, teils mit Erde, teils mit Sand bedeckten Küstenstreifen, aus dem die braunen Felsen wuchsen wie lebende Pflanzen, einem Strand, auf dem Pinien mit flachen schirmartigen Kronen und rötlichen Stämmen drängten. Das Meer hatte fast keine Gezeiten und war noch sauber. Wenn es auf den Sand schlug, brachte es keinen Schmutz, keinen Müll, kein Treibgut mit, sondern nur einen dünnen, blasigen Schaum, der sich bei der leisesten Berührung in klares blaues Wasser auflöste. Und unter dem Wasser lag das ungestörte Meeresleben, da gab es Helmkraut und das grüne Seegras und die tangartigen Bäume aus gefältelter brauner Seide, zwischen deren Zweigen kleine schwarze und silberne Fische herumschwammen, Seeanemonen mit pulsierenden schnurrbärtigen Mäulern, Geschöpfe in rosa Muscheln, die sich langsam zwischen den grünen Wedeln am Meeresgrund bewegten.

Wir wateten im Wasser herum und sammelten so viele Schätze, dass wir sie gar nicht alle nach Hause schaffen konnten. Mit Rosario umrundeten wir das Kap, um die andere, bislang unsichtbare Stelle zu erkunden, und an den Stellen, wo kein Sand war, schwammen wir. Das gelbe Gras, Myrten, Thymian und Rosmarin reichten bis auf den Sand herunter, aber dort, wo das Land dem Meer begegnete, verwarf es sich zu dramatischen Felsgebilden, geädert wie Schneckenhäuser und bizarr geformt. Wir kletterten darauf herum und drangen in die Höhlen ein, mit denen die Klippen übersät waren, doch fanden wir darin nichts außer trockenem Staub, Salzgeruch und in der größten einen Ziegenschädel.

Nach drei Tagen wandten wir uns, da wir unsere Erkundungen noch nicht weiter ins Land hinein ausdehnen mochten, in die andere Richtung, zum Hafen und zum Dorf, wo die kleine Fischereiflotte auf dem Strand lag. Der Hafen war von einer hufeisenförmigen Mauer aus Kalkstein umgeben. Am Ende des rechten Bogens stand die Statue der Heiligen Jungfrau. Sie sah zum Meer hinaus, die Arme ausgebreitet, als wolle sie die Welt umfangen.

Die Umfassungsmauer ragte an die drei Meter aus dem Wasser heraus, und auf der linken Seite, *Nuestra Doña* gegenüber, saß ein Junge und ließ die Beine baumeln. Wir schwammen, wir mussten schwimmen, denn das Wasser war hier sehr tief, von einem klaren Dunkelgrün, aber marmoriert wie Malachit. Der Himmel über uns schimmerte in heißer, silbriger Bläue, die Berührung der Sonne schien geradezu spürbar. Wir schwammen einen weiten, langsamen Bogen, und der Junge schaute uns zu.

Man sah ihm an, dass er kein Mallorquiner war. Er war blass und sommersprossig und hatte rote Haare. Heute würde ich wohl sagen, dass Will wie ein Schotte aussieht mit dem knochigen, ernsthaften, schlauen Gesicht, den hellblauen, leicht vorquellenden Augen, tatsächlich aber war er in Bedford zur Welt gekommen, die Eltern waren geborene Londoner. Ich bin nach wie vor mit ihm in Kontakt. Das ist stark untertrieben. Ich hätte sagen sollen, dass er noch immer mein Freund ist, obschon ich ihn eigentlich nie recht gemocht habe. Schon immer kam er mir verdächtig vor, auch wenn ich mich schwer damit tue, in Worte zu fassen, wessen ich ihn verdächtigte. Irgendwelcher Gaunereien vielleicht, trickreicher Pläne, mich auszunützen. Vor zehn Jahren, als er mir eine der größten Überraschungen meines Lebens bereitete, indem er mir einen Heiratsantrag machte, wusste ich, sobald ich mich wieder gefasst hatte, dass es ihm um mein Geld gehen musste.

Damals auf Mallorca war Will einfach ein Junge auf der Suche nach gleichaltrigen Gefährten. Er war ein Einzelkind, machte hier Urlaub mit seinen Eltern und fühlte sich einsam. Es war Piers, der ihn ansprach.

Das war typisch für Piers, für seine Güte und Herzlichkeit. Schüchternheit kannte er nicht. Wären wir Mädchen allein gewesen, hätten wir vermutlich keinen Kontakt aufgenommen, hätten auf den wachsamen Blick des Jungen auf der Hafenmauer reagiert, indem wir im Wasser herumgetollt, Purzelbäume gemacht, unseren Schmetterlingsstil vervollkommnet und andere Wasserspiele veranstaltet hätten. Wir hätten uns für ihn zur Schau gestellt wie weibliche Jungtiere unter dem Blick des Männchens und wären nach Ende der Vorstellung weggeschwommen.

Zufälligkeiten, so sagt man, sind das Grundprinzip der Geschichte. Eins führt zum anderen. Oder auch nicht, weil eben etwas anderes dazwischenkommt. Vielleicht wäre es im Lichte der späteren Ereignisse für alle Beteiligten besser gewesen, wenn Piers nichts gesagt hätte. Wir wären nie zur *Casita de Golondro* gekommen, und das, was dort geschehen ist, hätte sich nicht zugetragen, und die Heimreise hätten wir alle zusammen angetreten. Ja, wenn … Wenn Piers ein bisschen anders gewesen wäre, ein bisschen kälter, reservierter, mehr wie ich. Wenn wir alle es vermieden hätten, in die Richtung des Jungen zu sehen und stattdessen mit abgewandtem Blick im Hafenbecken herumgeschwommen wären, vielleicht lauter miteinander geredet, herzhafter gelacht hätten, so wie man niemanden gebrauchen kann, dass andere nicht gern gesehen sind. Fest steht, dass unser aller Leben sich in diesem Moment grundlegend änderte, weil Piers nah an die Mauer heranschwamm, grüßend einen Arm hob und rief:

»Hallo! Du bist Engländer, nicht? Wohnst du im Hotel?«

Der Junge nickte, sagte aber nichts. Er zog das Hemd und die Stoffschuhe aus. Er stand auf und streifte die lange Hose ab, faltete seine Sachen und legte sie in einem ordentlichen Stapel an die Mauer, die Schuhe obenauf. Sein Körper war dünn und bleich wie ein geschälter Zweig. Er trug eine schwarze Badehose. Wir schwammen alle herum und sahen ihn an. Wir wussten, dass er ins Wasser kommen würde, aber wir erwarteten wohl, er würde sich die Nase zuhalten und mit einem gewaltigen Platscher hineinspringen. Stattdessen vollführte er einen makellosen Kopfsprung, der Körper tauchte so sauber ins Wasser wie ein Messer, das in einen Teich geworfen wird.

Natürlich wollte er uns damit imponieren, es war »Angabe«, aber daran störten wir uns nicht. Er hatte uns wirklich imponiert, und wir gratulierten ihm. Rosario trat Wasser und klatschte. Will hatte so gekonnt das Eis gebrochen, wie er mit seinem Sprung die Wasseroberfläche durchstoßen hatte.

Er würde mit uns zurückschwimmen, sagte er, ihm gefiele »jenes Ende« vom Strand.

»Und deine Sachen?«, fragte Piers.

»Die findet irgendwann meine Mutter und nimmt sie mit«, sagte er gleichmütig, im Ton des verwöhnten Einzigen, der von seinen Eltern hinten und vorn bedient wird. »Sie zwingt mich, immer ein Hemd und lange Hosen zu tragen«, fuhr er fort. »Weil ich sonst einen Sonnenbrand kriege. Ich werde rot wie ein Hummer. Ich habe nicht so viele Häute wie andere Leute.«

Ich war verblüfft, bis Piers mir später erklärte, dass jeder Mensch die gleiche Anzahl von Hautschichten hat. Es ist nicht eine Frage der Hautdicke, sondern der Pigmentierung. Später, als wir nicht mehr ganz so versessen auf den Strand waren und anfingen, das Hinterland zu erkunden, trug Will oft einen Hut, ein großes Ding aus geflochtenem Bast mit breiter Krempe. Er hatte Spaß an dieser Verkleidung, in der er aussah wie ein altmodischer Erwachsener. Will war groß für sein Alter – er war so alt wie ich –, sehr dünn und knochig, mit langem Hals.

Wir schwammen zurück zu unserem Strand und setzten uns auf die Felsen, Will zuliebe im Schatten einer Pinie. Er achtete mit großer, ja pingeliger Sorgfalt darauf, dass kein Lichttüpfelchen auf ihn fiel. Er sei zum zweiten Mal in Llosar, erzählte er. Seine Eltern und er seien schon im Vorjahr da gewesen, er habe Rosario schon mal gesehen. Mir schien, dass er sie bei diesen Worten von der Seite ansah, mit einem geradezu intimen, geheimnisvollen Blick, als seien ihm Dinge über sie bekannt, von denen wir nichts wussten. Alles ist entdeckt, schien der Blick anzudeuten, das Strafgericht ist näher, als du denkst. Dafür gab es natürlich nicht den geringsten Grund. Rosario hatte nichts getan, was ihr hätte peinlich sein müssen, besaß kein Geheimnis, das er hätte ans Licht bringen können. Ich merkte später, dass er es mit vielen Leuten so machte und sie damit verunsicherte. Jetzt, nach so langer Zeit, würde ich sagen, dass es ein Erpresserblick war, auch wenn Will, soweit ich weiß, nie versucht hat, durch Drohungen an Geld zu kommen.

»Was macht ihr sonst noch?«, fragte er. »Außer schwimmen.«

Nichts, sagten wir, noch nicht jedenfalls. Rosario ging sichtlich in die Defensive. Sie lebte fast ständig hier, und dass Will vor uns den Ortskundigen herauskehrte, war für sie ein Affront. Hatte sie nicht erst vor drei Tagen zu uns gesagt, es gäbe hier hunderterlei zu tun?

»Manchmal veranstalten sie Stierkämpfe«, sagte Will. »In Palma, am Sonntagabend. Letztes Jahr sind meine Eltern hingefahren, aber ich nicht. Ich kippe um, wenn ich Blut sehe. Und dann gibt es die Drachenhöhlen.«

*»Las Cuevas del Drach«*, sagte Rosario.

»Sag' ich doch, die Drachenhöhlen. Und im Westen gibt es noch ganz viele Höhlen.« Will zögerte. Er überlegte wohl, was womöglich verboten war oder missbilligt wurde, dann sagte er in einem Ton, den ich schon damals hinterhältig fand: »Wir könnten zu dem Gespensterhaus gehen.«

»Zu dem Gespensterhaus?«, wiederholte Piers belustigt. »Wo ist denn das?«

Rosario sagte, ohne zu lächeln: »Er meint die *Casita de Golondro.*«

»Wie es heißt, weiß ich nicht. Es ist an der Straße nach Pollenca – das heißt, in der Nähe der Straße, irgendwo im Hinterland. Die Leute aus dem Dorf sagen, dass es dort spukt.«

Rosario wurde böse. Sie sprach immer ganz unverblümt, ohne ein Blatt vor den Mund zu nehmen, sie hätte nie ein Hehl aus ihren Gefühlen gemacht. »Woher weißt du, was sie sagen? Sprichst du Spanisch? Eben, das dachte ich mir. Der Mann, dem das Hotel gehört, hat es dir erzählt, das meinst du wohl. Der erzählt viel, wenn der Tag lang ist. Meiner Mutter hat er erzählt, dass er bei Cabo del Pinar einen Wal aus der Nähe gesehen hat.«

»Soll es dort wirklich spuken, Rosario?«, fragte mein Bruder.

Sie zuckte die Schultern. »Gespenster gibt es nicht. Katholiken glauben nicht an Gespenster, das ist verboten. Pater Xaviero wäre mir sehr böse, wenn er wüsste, dass ich über Gespenster rede.« Es war ungewöhnlich für Rosario, von ihrem Glauben zu sprechen. Ich sah, dass Piers ein überraschtes Gesicht machte. »Weißt du, dass es halb zwei ist?«, sagte sie zu Will, der natürlich die Uhr bei seinen Sachen gelassen hatte. »Du kommst zu spät zum Mittagessen und wir auch.« Rosario und mein Bruder hatten damals ein ganz besonderes Verhältnis zueinander. Sie verständigten sich bereits in dieser frühen Phase der Beziehung durch einen Blick, eine Handbewegung. Ein Zeichen von ihm, das er vielleicht ganz unwillkürlich gemacht, das ich jedenfalls nicht bemerkt hatte, schien ihr Einhalt zu gebieten. Sie zuckte erneut die Schultern. »Später gehen wir ins Dorf, in den Spitzenladen. Willst du mit?« Sie legte den Kopf schief und fügte mit einem Hauch von Ironie hinzu: »Dann steht die Sonne schon tief und kann deine arme dünne Haut nicht mehr verbrennen.«

Die Spitzenklöpplerinnen arbeiteten an einer kunstvollen Tagesdecke für Rosarios Mutter. Sie hatte gemeint, es würde uns interessieren, den Frauen eine halbe Stunde bei der Arbeit zuzusehen. Gegen fünf machten wir uns auf den Weg und holten Will im Hotel ab. Er saß allein auf der Terrasse unter dem Dach aus verschlungenen Weinreben. Nur noch ein weiterer Tisch war besetzt, an ihm saßen vier Frauen, von denen eine, wie wir später erfuhren, seine Mutter war, und spielten Bridge. Will trug ein sauberes Hemd, saubere lange Hosen und seinen Basthut, und während er auf uns zuging, rief er seiner Mutter zu, was ich etwas eigenartig fand, denn wir hatten uns ja gerade erst kennen gelernt, irgendwie aber seltsam gewinnend:

»Meine Freunde sind gekommen. Bis später.«

Will ist nicht, wie ich, gelähmt von der Angst, jemanden zu brüskieren, der Angst, für vorlaut, dreist oder zudringlich gehalten zu werden, doch er lebt in der gleichen steten Furcht vor Ablehnung, möchte schrecklich gern »dazugehören«. Sein Traum ist es, Mitglied in einer exklusiven Gruppe zu sein, geachtet und geliebt von seinen Gefährten, mit denen er das Wissen um ein geheimes Codewort teilt.

In einer ungewohnten Anwandlung von Freimut gestand er mir einmal, ihm seien, als er hörte, wie ein Bekannter ihn im Gespräch als »mein Freund« bezeichnete, vor Glück Tränen in die Augen getreten.

Bei den Spitzenklöpplerinnen und später, bei Sonnenuntergang am Strand, erwähnte er die *Casita de Golondro* mit keinem Wort, an jenem Abend aber, als wir auf der Terrasse hinter dem Haus saßen, erzählte uns Rosario die Geschichte der *Casita.* Die Nächte in Llosar waren warm, die Luft war samtweich. Es muss Mücken gegeben haben, denn wir hatten alle Moskitonetze über dem Bett, aber ich erinnere mich allenfalls an eine oder zwei. Ich erinnere mich an die Stille, den wolkenlosen dunkelblauen Himmel und den strahlenden Glanz der Sterne. Von der Landschaft war nichts zu erkennen außer einem Umriss dunkler Hügel, an denen hie und da ein kleines Licht glomm. Der zunehmende Mond hatte die Form und die Farbe einer Melone.

Die anderen saßen in Liegestühlen, damals gab es sonst kaum etwas an »Gartenmöbeln«, heute sieht man sie überhaupt nicht mehr. Ich lag in der Hängematte, einer verschossenen Segeltuchbahn, die zwischen einem Verandapfeiler und einer Zypresse gespannt war. Der Blick meines Bruders war mit sonderbarer Intensität auf Rosario gerichtet. Der Abend ist mir wohl deshalb mit so vielen Einzelheiten in Erinnerung geblieben, weil dieser Blick mir tiefen Eindruck machte. Es war, als habe Piers noch nie ein Mädchen gesehen. So scheint es mir jetzt. Mit dreizehn habe ich das wohl kaum so empfunden. Damals war es mir peinlich, wie er sie anstarrte. Sie erzählte von der *Casita,* und er sah sie unverwandt an, aber wenn sie ihn anschaute, wandte er lächelnd den Blick ab.

Offenbar hinderte ihre Religion sie jetzt nicht mehr daran, von Gespenstern zu reden. Man konnte sich des Eindrucks nicht erwehren, dass dies etwas mit Wills Rückkehr ins Hotel zu tun hatte. »Wenn es nicht Nacht wäre«, sagte sie, »könnte man die Bäume sehen, die um das Haus herumstehen.« Sie deutete durch die Dunkelheit nach Südwesten, wo die Berge begannen. »*Casita* heißt kleines Haus, aber es ist eigentlich ziemlich groß und sehr alt. Vorn ist eine große Tür und hinten sind ... ich weiß nicht, wie man das nennt ... Bogen und Säulen.«

»Ein Kreuzgang?«, fragte Piers.

»Ja, vielleicht. Danke. Und es gibt einen großen Garten mit einer Mauer drum herum und ein eisernes Tor. In dem Garten sind nur Bäume und Büsche, ganz verwuchert, und die Mauer ist kaputt, deshalb habe ich hinten hineinsehen können, in den ... wie sagst du ... den Kreuzgang.«

»Aber das Haus ist nicht bewohnt?«

»Seit ich denken kann, wohnt dort niemand mehr. Aber es gibt einen Besitzer, es gehört jemandem, nur kommt er nie. Alles ist abgeschlossen. Will erzählt, was die Leute aus dem Dorf sagen, aber was sie wirklich sagen, das weiß er gar nicht. Es gibt dort keine Gespenster, keine toten Leute, die wiederkommen, nur einen bösen Raum in dem Haus, in den darf man nicht hinein.«

Natürlich fanden wir, Piers und ich, diesen letzten Satz sehr aufregend, zumal er durch das nicht ganz idiomatische Englisch noch verführerischer klang. Die Erinnerung aber, die mich jetzt am stärksten berührt, ist die an Rosarios vorhergehende Worte von den toten Leuten, die wiederkommen. Es ist eine Zeile aus der Vergangenheit, längst vergessen, die ihrerseits »wiederkam«, als schmerzhaft eine Saite in meinem Gedächtnis angeschlagen wurde. Ich ertappte mich dabei, wie ich sie lautlos vor mich hin sagte, wie ein Mantra oder eins der Gebete aus jenem Rosenkranz, dem sie ihren Namen verdankt. Tote Leute, die wiederkommen, Verlorene, die von den Toten auferstehen, die Toten, die endlich zurückkehren.

An dem Abend aber waren es, wie gesagt, die Worte, die auf jenen prophetischen Satz folgten, die uns am meisten beeindruckten. Piers wollte sofort Näheres über den »bösen Raum« wissen, aber in der besten Tradition aller Erzähler von Gespenstergeschichten gab Rosario vor, nicht genau zu wissen, welches Zimmer es sei. Der Besucher, so hieß es, würde es merken. Der Raum offenbare sich selbst.

»Es heißt, dass die, die in das Zimmer gehen, nie wieder herauskommen.«

Wir waren entsprechend beeindruckt. »Meinst du damit, dass sie verschwinden, Rosario?«, fragte mein Bruder.

»Ich weiß nicht, ich kann es dir nicht sagen. Es heißt, dass man sie nicht wieder sieht.«

»Aber du sagst, dass es ein großes Haus ist, es muss viele Zimmer darin geben. Wenn man wüsste, welches das Spukzimmer ist, könnte man doch einfach einen Bogen darum machen, nicht?«

Rosario lachte. Ich denke, sie selbst hat nie an das Gerede geglaubt, hat sich nie gefürchtet. »Vielleicht merkt man es erst, wenn man in dem Zimmer steht, und dann ist es zu spät. Wie gefällt dir das?«

»Sehr gut«, meinte Piers. »Es klingt wunderbar gruselig. Ist denn schon mal jemand verschwunden?«

»Ja, der Vetter von Carmela Valdez. Es heißt, er habe ein Fenster eingeschlagen und sei eingestiegen, weil es dort etwas zu stehlen gab, er war ein schlimmer Mensch, er hat nicht gearbeitet.« Sie suchte nach einer treffenden Redewendung und griff ein bisschen daneben: »Der schwarze Ziegenbock der Familie.« Rosario war zu Recht stolz auf ihr Englisch und sah, als wir sie auslachten, ziemlich selbstbewusst drein. Vielleicht hörte sie schon die Bewunderung, die in Piers' Lachen mitschwang. »Er ist tatsächlich verschwunden, aber nur in einem Gefängnis in Barcelona, glaube ich.«

Was *golondro* heißt, wollte sie Piers nicht sagen. Er solle es nachschlagen, dann könne er es sich besser einprägen. Piers holte das Lexikon, das er und Rosario benutzen wollten, und da stand es: Laune, Begierde, Wunsch.

»Das kleine Haus der geheimen Wünsche«, sagte Piers. »Unvorstellbar, dass ein englisches Haus so heißen könnte, nicht?«

Meine Mutter brachte uns das Abendessen und kalte Getränke auf einem Tablett. An jenem Abend war nicht mehr von der *Casita* die Rede, und eine Weile ruhte das Thema ganz. Am nächsten Tag begann Piers mit dem Spanischunterricht bei Rosario. Nach dem Essen, zur Siesta, blieben wir immer einige Stunden im Haus, zwischen zwei und vier war die Hitze fast unerträglich. Aber Halbwüchsige finden tagsüber keinen Schlaf. Ich lief herum und sehnte die magische vierte Stunde herbei. Ich las oder schrieb Tagebuch oder schaute aus dem Schlafzimmerfenster über die gelben Hügel, die graue Ölbäume krönten und an deren Hängen Lorbeer- und Wacholderbäume wuchsen, die wie waagerechte schwarze Stiche auf einem Stickbild waren, und jetzt, da ich von seiner Existenz wusste, spekulierte ich über die Lage des Hauses mit dem Gruselzimmer.

Piers und Rosario zogen sich zu ihrer täglichen Unterrichtsstunde in das kühle Esszimmer mit den Möbeln aus dunklem geschnitzten Holz zurück. Sie hatten uns anderen den Eintritt nicht verboten. Dazu, so dachten sie wohl in ihrer Bescheidenheit, war das, was sie taten, kaum wichtig genug, und so setzte sich meine Mutter an den Schreibtisch und schrieb Briefe, während Concepción, die für uns putzte und kochte, Silber in eine Schublade der Anrichte legte oder eine saubere Spitzendecke über den Tisch breitete. Ich kam und ging, und dabei hörte ich nicht auf Rosarios Worte, sondern auf ihren geduldigen Ton, ihre belehrende Art. Einmal sah ich, wie sie Piers' Aussprache korrigierte, indem sie den Finger, an dem ein Ring mit zwei kleinen goldgefassten Türkisen steckte, auf seine Lippen legte und ihn dort liegen ließ, als versuche sie, seinen Mund um den weichen Kehllaut herumzumodellieren. Und ich sah sie nah beieinander sitzen, Seite an Seite, den glatten, dunklen, edel geformten Kopf meines Bruders, Rosarios rotbraune Haarfülle, die ihr über die Schultern fiel wie ein Mantel und die mir immer vorkam wie ein Cape aus poliertem Holz, mit der Tiefe und der Maserung und dem Glanz von Holz, als sei sie eine Nymphe, aus einem Baumstamm herausgeschnitzt.

So waren sie jeden Nachmittag zusammen und kamen sich immer näher, und wenn der Unterricht vorbei war und wir alle drei in die Nachmittagssonne hinaustraten, zum Strand gingen oder ins Dorf oder zum Hotel, um Will abzuholen, sprachen sie Spanisch miteinander, Gespräche, die uns ausschlossen. Sie muss eine gute Lehrerin und mein Bruder ein eifriger Schüler gewesen sein, denn er, der nach eigener Einschätzung Sprachunbegabte, lernte rasch. Schon eine Woche später schwatzte er unbekümmert drauflos, allerdings habe ich nie erfahren, wie idiomatisch er die Sprache beherrschte. Er und Rosario redeten und lachten in ihrer eigenen Welt, die meinem Bruder umso wunderbarer vorkommen musste, als er nie erwartet hatte, dort Einlass zu finden.

So, wie es hier steht, klingt es schlimm für mich, aber es war nicht so arg. Piers war nicht egoistisch und schon gar nicht grausam. Von den mir nahe Stehenden begriff nur er meine Schüchternheit und meine Ängste: die Tür, die mir vor der Nase zugeschlagen wird, der Geheimcode, in dessen Mysterien – wie in einem bösen Traum – meine Gefährten eingeweiht worden sind, ich aber nicht. Nach einer halben Stunde spanischer Unterhaltung besannen er und Rosario sich auf ihre Manieren, auf ihre Pflicht Will und mir gegenüber, und kehrten zurück in die Sprache, die uns allen gemeinsam war. Nur einmal hatte Will Anlass zu sagen: »Ich denke doch, wir sprechen alle Englisch, wie?«

Dennoch war nicht zu übersehen, dass Piers und Rosario mittlerweile meinten, Will sei für mich da, so wie sie füreinander da waren. Weil sie es unbedingt so sehen wollten, sahen sie es bald auch so. Sie hatten nur den einen Wunsch, miteinander allein zu sein. Damals wusste ich das nicht, es hätte mich sehr getroffen, wäre mir unverständlich gewesen; jetzt verstehe ich es sehr gut. Es war heldenhaft gehandelt von meinem verliebten, meinem zum ersten Mal verliebten Bruder, dass er mich und Will überallhin mitnahm, dass er unverändert höflich und lieb und rücksichtsvoll zu uns war. Zwischen dreizehn und sechzehn liegt eine tiefe Kluft. Ich wusste davon nichts, aber Piers wusste es. Er wusste, dass keine Brücke des Verstehens von unten nach oben führt, und machte entsprechende Zugeständnisse.

An dem Tag, nachdem die Quallen gekommen waren und der Strand nicht mehr lockte, war uns, wenn auch nur vorübergehend, unser liebster Zeitvertreib in Llosar genommen. Auf der Mauer einer Brücke über einem ausgetrockneten Flusslauf sitzend, betrachteten wir das kahle, aber schöne Binnenland, die Straße, die wie ein Band die Insel bis nach Palma durchzog, mit dem Abzweig, der zum nördlichen Kap führte.

»Wir könnten uns das kleine Spukhaus ansehen«, sagte Will.

Er sagte es boshaft, um Rosario zu »triezen«, die er ebenso wenig mochte wie sie ihn. Aber sie reagierte weder verärgert noch ablehnend, sie lächelte nur und sagte auf Spanisch etwas zu meinem Bruder.

»Warum nicht?«, sagte Piers.

# 4

Sie waren wunderschön, diese Quallen, Piers wurde nicht müde, es zu wiederholen. Ich fand sie abstoßend. Als ich viel später einmal eine dieser Spezies in einem Meeresmuseum sah, wurde mir übel. Der Anblick schnürte mir die Kehle zu, ich glaubte zu ersticken und musste gehen. *Phylum cnidaria,* Medusa, die Qualle. Sie verdankt ihren Namen der Gorgo mit ihrem Schlangengeringel als Haar, deren Anblick die Menschen zu Stein erstarren lässt.

Die Quallen, die zu Tausenden in Llosar an den Strand geschwemmt wurden, waren glasig-transparent und aquamarinblau; von ihren schirmartigen Körpern hingen kristallklare Fühler oder Stängel wie Stalaktiten. So sahen sie zumindest aus, wenn sie knapp unter der blauen Wasseroberfläche trieben. Hilflos im Sand und auf den Steinen liegend, schrumpften sie zu wabbeligen Platten, die aussahen wie zusammengefallener Wackelpudding. Mein gutherziger Bruder versuchte sie mit Wills Hilfe ins Wasser zurückzubefördern, um sie vor der Sonne zu retten, doch das Meer schlich sich, obschon fast gezeitenlos, immer wieder an und schwemmte sie an Land. Dass die beiden es über sich brachten, diese klamme, bibbernde Gallertmasse zu berühren, war mir unbegreiflich. Auch Rosario hielt Abstand und verfolgte die Bemühungen mit belustigter Nachsicht.

Am nächsten Tag erhob sich ein gewaltiger Gestank am Strand, wo die Sonne die Medusen zerkocht hatte und jetzt den Vorgang der Verwesung und Verwüstung noch beschleunigte. Wir hielten uns fern, schlenderten statt zum Strand ins Dorf und von dort die Straße nach Pollenca entlang, die durch Aprikosen- und Mandelbaumhaine führte. Die Aprikosen trockneten auf flachen Holztabletts in der Sonne, in einer lastenden, tagaus, tagein gleich bleibenden Hitze. Wir waren seit zwei Wochen in Llosar und hatten noch nicht eine Wolke am Himmel gesehen. Sein Blau leuchtete in der Glut einer unsichtbaren Sonne. Wir sahen die Sonne nur, wenn sie unterging und zischend ins Meer tauchte wie rot glühendes Eisen, das im Wasser abgeschreckt wird.

Auf der Straße spendeten die Obstbäume, auf der Brücke über dem ausgetrockneten Flussbett die dichten Zweige der Pinien Schatten. Bei dieser Rast, mit dem Blick auf die gelben Hänge und die Olivenhaine, machte Will seinen Vorschlag, das »Spukhäuschen« zu besichtigen, und mein Bruder sagte: »Warum nicht?« Rosario lächelte leise, fast verstohlen, und als wir uns wieder in Bewegung setzten, gingen Will und ich voran, sie und Piers folgten uns.

Es war nicht weit zur *Casita de Golondro.* Wären es mehr als zwei Kilometer gewesen, hätten es sich wohl selbst die »verrückten Touristen«, wie sie uns im Dorf nannten, sehr überlegt, bei dieser Hitze den Weg zu Fuß zurückzulegen. Es gab einen Bus nach Palma, der aber war schon lange weg, ehe wir uns auf den Weg gemacht hatten. Kein Wagen kam uns entgegen, keiner überholte uns. Heutzutage ist das in Mallorca schwer vorstellbar. Natürlich gab es Autos auf der Insel. Meine Eltern hatten sich mehrmals einen Wagen mit Fahrer gemietet, und in zwei Tagen wollten wir alle zu den Drachenhöhlen fahren. Aber Motorfahrzeuge waren unüblich, verursachten Aufsehen und Gerede. Als wir zu dem Abzweig kamen, der zur *Casita* führte, einer unbefestigten Straße, kam uns ein Fahrzeug entgegen, ein betagter Citroën, dessen schwarzer Lack von Steinschlägen zersplittert und verschrammt war. Es war das einzige Auto, das wir an jenem Tag zu Gesicht bekamen.

Das Spukhaus, das Haus der Begierde, das Haus der geheimen Wünsche, war hinter kräftig-dichtem Baumwuchs verborgen und von der Straße aus kaum zu sehen. Dieses Gehölz mit seinen uns unbekannten Bäumen – Johannisbrotbäume, Steineichen und Bergpinien – sah man von Llosar aus als undurchsichtig-schwarzen Flecken auf den ausgebleichten Gelb- und Grautönen, das Haus hingegen nicht. Selbst hier schimmerte es nur schemenhaft zwischen den Stämmen durch, ein Stück Mauer mit verblasstem ockerfarbenen Putz, ein ziegelgedecktes Flachdach. Die verputzte Mauer, die sich um das Grundstück – den »Landsitz«, wie Piers sagte – herumzog, war so hoch, dass keiner von uns hinüberschauen konnte, und den ersten Blick auf die *Casita* taten wir durch die zerbrochenen Streben, Bögen und Schnörkel eines zweiflügeligen schmiedeeisernen Tores, das mit einem Vorhängeschloss gesichert war.

Wir gingen an der Mauer entlang, die sehr bald von der Straße weg über steiniges Gelände, vorbei an verkrüppelten Ölbäumen, Kräuterbüschen und Myrten bergab führte und an vielen Stellen durch einen Wacholder aufgerissen worden war, der in kraftvollem Wachstumsschub Steine und Mörtel beiseite gedrängt hatte. Hätten wir die größte dieser Lücken von der Straße aus gesehen, hätten wir uns einen halben Kilometer sparen können. Nur Rosario erhob Einspruch, als Will begann, sich durch den Spalt zu schieben. Wir seien nachgerade zu alt für so etwas, sagte sie, aber das Lächeln meines Bruders, das auch sie bemerkt hatte, verriet uns, wie sehr ihn das amüsierte. Damals begriff ich es nicht, heute ist es mir durchaus verständlich. An sich sah es Piers wirklich nicht ähnlich, sich auf so ein Abenteuer einzulassen, dafür war er zu alt und auch zu verantwortungsbewusst. Normalerweise hätte er freundlich, aber bestimmt Nein gesagt und sich entschieden geweigert, noch ein Wort über das Vorhaben zu verlieren. Aber er hatte zugestimmt, hatte »Warum nicht?« gesagt. Der Grund war wohl, dass er die *Casita* als einen Ort sah, an dem er mit Rosario allein sein konnte.

Nicht etwa in der Hoffnung auf ein sexuelles Abenteuer,

nicht in der Hoffnung, mit ihr zu schlafen, nein, so meine ich es nicht. Zu jener Zeit, in jener Phase ihrer Beziehung dachte er wohl noch nicht an dergleichen. Aber man muss sich das einmal vorstellen: So, wie die Dinge lagen, hatte er kaum einmal Gelegenheit, auch nur mit ihr zu sprechen, ohne dass andere dabei waren. Selbst bei dem nachmittäglichen Unterricht gab es ständig Störungen. Auf Schritt und Tritt waren Will und ich ihnen auf den Fersen. Abends auf der Veranda saß ich dabei. Ich wäre gar nicht auf die Idee gekommen, mich nicht zu ihnen zu setzen, und selbst die taktvollste Andeutung, die beiden allein zu lassen, hätte mich – wie mein Bruder sehr wohl wusste – tief geschmerzt. Es war wohl auch so, dass meine Eltern es gar nicht gern gesehen hätten, wenn sie miteinander allein geblieben wären, dass sie energisch gegengesteuert hätten, vielleicht sogar mit uns nach England zurückgefahren wären.

Hatte er mit Rosario darüber gesprochen? Ich weiß es nicht. Fest stand, dass sie nichts mehr dagegen einzuwenden hatte, sich das Spukhaus anzusehen, während sie vorher entschieden dagegen gewesen war. Wenn Piers in sie verliebt war, so beruhte das ganz gewiss auf Gegenseitigkeit. Aus vierzigjährigem Abstand deute ich Worte und rasche Blicke, heimliche Augenkontakte und verzückte Mienen als das, was sie waren – die Anzeichen erster Liebe. Damals deutete ich das alles höchstens so, dass Piers und Rosario auf Grund ihrer Spanischkenntnisse ein besonderes Wissen besaßen, das sie verband und mich ausschloss.

Der Garten war zu jener Zeit nur noch ein ummauertes Stück Hang. Er war rettungslos verwildert. Innerhalb der Mauer wuchsen ein paar Baumarten, die man draußen nicht fand. Zerbrochenes Mauerwerk lag zwischen den Myrten und dem Arbutus, den Resten eines Brunnens und bemoosten Skulpturen. In der Luft hing der Duft von Lorbeer, der anderswo nicht sehr üppig wuchs, und rosa blühende Heidekrautpflanzen standen so hoch wie kleine Bäume. Früher hatte es hier Wege gegeben, aber unter dem Teppich zäher kleiner Immergrünpflanzen waren sie kaum noch auszumachen. An manchen Stellen mussten wir uns regelrecht durchkämpfen, uns einen Weg zwischen Dorngestrüpp und Lorbeer und Rhododendren bahnen. Als wir durch das letzte Wacholderdickicht gebrochen waren, standen wir auf einer Lichtung, die mit rissigen Steinplatten belegt war. Von hier aus sah man plötzlich das Haus, verblüffend nah, der Kreuzgang nur wenige Meter entfernt. Es war wie in einem Traum, in dem Entfernungen keine Bedeutung haben. Das Haus tauchte auf, lag vor uns, als sei es uns entgegengekommen.

Es war kein »Häuschen«. Der Ausdruck ist relativ; mag sein, dass die Leute, die ihn prägten, anderswo ein Schloss besaßen. In meinen Augen war es ein Herrenhaus, größer als irgendeins, in dem ich je gewesen war. Man hätte die Villa von José-Carlos in Llosar und unser Haus in London in die *Casita* stellen können, wo beide sich irgendwo in den vielen Räumen verloren hätten.

Die Außenwände waren verputzt, und an vielen Stellen war der Putz abgefallen, so dass die hellen Backsteine freilagen. Der Kreuzgang bestand aus acht Bögen auf schlanken Säulen, »maurisch«, wie Will sagte, obwohl er bestimmt gar nicht so genau wusste, was das hieß. Darüber waren eine Reihe von Fenstern mit geöffneten Läden und steinernen Balkonen, ein mit Dachpfannen belegter Überhang, noch ein Streifen Putz mit Stuckarbeiten in Gefachen, und den Abschluss bildete das fast flache rosafarbene Ziegeldach. In dem Kreuzgang war links von der Mitteltür das Fenster, das angeblich der Vetter von Carmela Valdez eingeschlagen hatte. Über die Fensteröffnung hatte jemand ein Stück Stoff genagelt; Plastik war damals noch nicht so reichlich verfügbar. Will war der erste, der näher an das Haus heranging. Er trug seinen Basthut, ein langärmeliges Hemd und lange Hosen. Er zupfte an dem Stoff vor der zerbrochenen Scheibe herum, bis sich eine Ecke löste und er hineinschauen konnte.

»Nichts drin«, meldete er. »Ein ganz gewöhnliches leeres Zimmer. Vielleicht ist es *das* Zimmer.«

»Ist es nicht«, widersprach Rosario, ohne zu sagen, woher sie das wissen sollte.

»Ich könnte einsteigen und euch die Tür aufmachen.«

»Wenn es *das* Zimmer ist, kommst du nicht wieder raus«, wandte ich ein.

»Ein Tisch steht drin, mit einer Kerze drauf.« Will hatte den Kopf durchs Fenster gesteckt. »Da hat jemand gegessen, es liegt noch Brot da und allerlei Zeug. Igitt, wie das stinkt! Ob da Ratten sind?«

»Ich finde, wir sollten nach Hause gehen.« Rosario sah Piers an, und Piers sagte rasch:

»Wir gehen nicht hinein. Heute nicht. Vielleicht überhaupt nie.«

Will zog den Kopf zurück, und der Hut fiel herunter. »Klar geh ich rein. Irgendwann. Ich fahr nicht weg, eh ich drin gewesen bin. Nächste Woche reisen wir ab. Von mir aus können wir ja jetzt nach Hause gehen, dann bin ich aber dafür, dass wir morgen wieder herkommen und uns umsehen, damit wir Bescheid wissen.«

Worüber wir dann Bescheid wissen würden, erläuterte er nicht näher, aber das war auch nicht nötig. Das Haus war eine Herausforderung für uns. Außerdem waren wir jetzt schon zu weit gekommen, um uns noch abschrecken zu lassen. Trotzdem ist es mir heute noch ein Rätsel, warum uns, die wir die Strände hatten und das Meer, das weite Land, das Dorf, die Boote, die uns jederzeit nach Pindar oder Formentor gebracht hätten, dieses verlassene Haus mit seinen leeren Räumen so unwiderstehlich anzog. Für Piers und Rosario mochte es seinen Reiz als geheimer Treffpunkt haben, aber warum war es für Will und mich so verlockend, so verführerisch?

Will sprach es aus, mit den Worten so manchen Forschers und Bergsteigers. »Weil es *da* ist.«

Am nächsten Tag fuhren wir alle miteinander zu den

*Cuevas del Drach.* Wills Eltern, die inzwischen mit unseren Eltern bekannt geworden waren, kamen mit, wir fuhren in zwei Wagen. An der Straße zwischen Can Picafort und Arta wuchs der Arbutus, der, wie Wills Mutter sagte, in ein, zwei Monaten gleichzeitig weiße Blüten und rote Früchte tragen würde. Das hätte ich gern gesehen und überlegte, ob ich es je erleben würde. Die Früchte, sagte sie, seien wie Erdbeeren, die auf Zweigen wuchsen.

»Sie sehen aus wie Erdbeeren, aber sie schmecken nach nichts.«

Das ist eine der wenigen Bemerkungen von Iris Harvey, die mir in Erinnerung geblieben sind. Wörtlich jedenfalls. Damals fand ich sie traurig, jetzt betrachte ich sie als Aphorismus. Die Früchte des Arbutus sind wunderschön, rot und leuchtend, sie sehen aus wie Erdbeeren, aber sie schmecken nach nichts.

Der Arbutus wachse nur auf diesem Teil der Insel, sagte sie, sie schien sehr genau Bescheid zu wissen. Dass eben diese Büsche in üppiger Fülle das Spukhaus umgaben – das allerdings wusste sie nicht. Ich erkannte sie jetzt, nachdem ich die auf der Straße nach Can Picafort gesehen hatte, an den glatten, glänzenden Blättern, die aussahen, als gehörten sie zu Kulturpflanzen und nicht zu wilden Büschen. Zwischen den geborstenen Platten, zwischen Wacholder und Myrten, wo alles staubtrocken war, hatte ich ihre Blätter gesehen, saftig-grün, als würden sie täglich gewässert.

Auf dem Rückweg inspizierten wir den Strand, wo die

Quallen fast verschwunden waren, nur nasse Flecken auf den Steinen waren geblieben, schillernd wie Schneckenspuren. Piers und Rosario setzten sich zu ihrem Unterricht auf die Veranda, und Will ging zurück ins Hotel, die Manschetten zugeknöpft, den Hut tief ins Gesicht gezogen.

»Dann also morgen«, hatte Piers zu ihm gesagt, und Will hatte genickt.

Mehr war nicht nötig. Wir sprachen untereinander nicht darüber. Die Entscheidung war gefallen, wir hatten sie, jeder für sich, womöglich alle gleichzeitig getroffen, in den Autos oder in den Höhlen oder am Ufer des unterirdischen Sees. Morgen würden wir das Spukhaus betreten und uns darin umsehen, weil es *da* war. Vorher aber geschah etwas Schreckliches oder Wundervolles, je nachdem, wie man es betrachtete, wie *ich* es betrachtete, und eben darüber bin ich mir nie ganz klar geworden. Ich war ganz davon erfüllt, ich konnte kaum an etwas anderes denken.

Meine Eltern waren zu Bett gegangen. Ich war in dem Zimmer, das ich mit Rosario teilte, hatte mich noch nicht hingelegt, sondern war damit beschäftigt, mein Moskitonetz in Ordnung zu bringen. Das Hotel, in dem wir zur Zeit wohnen, ist vollklimatisiert, so dass man nie ein Fenster aufmacht. Bei jeder Bewegung, beim Anziehen und beim Schlafen umgibt uns eine Kühle, die wir in England nie dulden würden, eine windbewegte Frische, die in seltsamem Gegensatz zu dem steht, was man durch die Scheiben sieht, zu dem wolkenlosen Himmel und den verdorrten Hängen. Ich fand es schöner, als man die Läden zurückschlagen und die Fensterflügel weit öffnen konnte, unter dem Netz war man vor Insekten geschützt und lag doch in einem luftigen Raum. Das Netz war ähnlich angebracht wie die Vorhänge am Baldachin eines englischen Himmelbetts, und weil wir morgens beim Aufbruch zu den Cuevas in Eile gewesen waren, hatte ich vergessen, es zu schließen.

Nachdem ich mich vergewissert hatte, dass sich in den Falten keine Mücken versteckt hatten, zog ich die Vorhänge zu und machte das Licht aus, um nicht weiteres Getier anzulocken. Sentimental, wie ich war, brachte ich es nicht fertig, die Spinne, die ich gefunden hatte, zu töten, sondern trug sie in meinem Taschentuch zum Fenster und entließ sie in die Nacht. Der zunehmende Mond hing wie eine Tropfenperle am Himmel, die Sterne leuchteten hell. In dem kleinen ummauerten Garten herrschte Dunkelheit, eine satte, klare, gleichsam glimmende Dunkelheit, dennoch waren alle Einzelheiten deutlich zu erkennen. Es fehlte nicht an Klarheit, nur an Farbe. Die Welt da draußen war monochrom, schwarz und silbern, zinn-, perl- und bleigrau, dazu kam der undurchsichtig-samtige Grauton der Steine. Der Mond leuchtete opalweiß, die Sterne waren keine Welten, sondern lichterfüllte Öffnungen im Himmel.

Ich sah die beiden nicht gleich. Ich schaute über den Garten hinweg auf die Kette der Hügel und Berge, massiv gezackte Schwärze vor dem hell schimmernden Himmel, als ein leiser Laut, eine leichte Bewegung ganz in der Nähe meinen Blick nach unten lenkte. Sie hatten nebeneinander auf der Steinbank im Schlagschatten der Mauer gesessen. Zuerst stand Piers auf, dann Rosario. Er war viel größer als sie, er sah auf sie herunter, sie zu ihm hoch, sie standen Auge in Auge. Er legte die Arme um sie und seinen Mund auf den ihren, und einen Moment, ehe sie in den schützenden Schatten zurücktraten, schien mir, dass sie sich so nahe waren, als seien sie eins, wie zwei ineinander verschlungene, zu einem Stamm verschmelzende Zypressen. Und der Schatten, den sie warfen, war der lange speerförmige Schatten einer einzigen Zypresse auf mondweißen Steinen.

Ich war sehr erschrocken. Ich war schockiert. Mit einem Schlag hatte sich meine Welt verändert. Ich kam mir vor wie abgehängt. Ich drehte mich weg, mit der betroffen-abwehrenden Bewegung eines Menschen, der Zeuge einer Gewalttat geworden ist. Ich kroch unter mein Moskitonetz, zog die Vorhangfalten um mich und verbarg mich in ihrem Dunkel. Steif und starr lag ich da, die Hände ineinander verkrampft, dann warf ich mich herum und wühlte das Gesicht ins Kissen.

Rosario kam nach oben in unser Zimmer und sprach mich leise an, aber ich gab keine Antwort. Sie schloss die Tür, und ich wusste, dass sie sich im Dunkeln auszog. Noch nie im Leben hatte ich mich so einsam gefühlt. Nie würde ich einen Menschen haben, immer würde ich allein sein. Verlassen zurückzubleiben – das stellte sich mir nun als erschreckende Realität, als etwas Unausweichliches dar, mit dem ich würde fertig werden müssen, und als Letztes, ehe der Schlaf kam, sah ich in meiner Vorstellung den nächsten Morgen vor mir, sah mich aufstehen und feststellen, dass sie alle fort waren, meine Eltern und Piers und Rosario, das Hotel leer, das Dorf verlassen, Mallorca ein wüstes Eiland und ich der einzige wilde, verlassene, wahnsinnige Mensch darauf. Doch nein, das Allerletzte, was ich vor dem Einschlafen sah, war die doppelstämmige Zypresse im Garten mit den ineinander verschlungenen Ästen und dem einen speerförmigen Schatten.

## 5

Wir betraten das Haus der geheimen Wünsche, das Gespensterhäuschen *(la casita que tiene fantasmas)* durch die vordere Tür, Rosario zuerst. Will war durch das zerbrochene Fenster eingestiegen und hatte die Tür im Säulengang aufgemacht. Sie war mit einem der üblichen Schlösser versehen, die sich von innen mit einem Drehknopf, von außen aber nur mit einem Schlüssel öffnen lassen. Piers folgte ihr, und ich folgte ihm mit dem Gefühl, die Letzte zu sein, die Geringste, die Unerwünschte.

Natürlich war das Unsinn. Die Wandlung hatte sich in meinem Kopf vollzogen, nicht in den äußeren Umständen. Morgens, beim Aufstehen, fand ich mich keineswegs von aller Welt verlassen, an einem fremden Ort ausgesetzt, sondern wurde genauso behandelt wie sonst auch. Piers begegnete mir ebenso brüderlich-herzlich, meine Eltern ebenso liebevoll, Rosario war die freundlich-teilnehmende Gefährtin, die sie immer gewesen war. Ich war es, die sich geändert hatte. Meine Augen hatten gesehen, und ich war verwandelt.

Ich konnte, wie gesagt, an nichts anderes denken. Was ich gesehen hatte, rief keine Erregung, keinen Kitzel hervor, ich wünschte mir auch nicht, es nie gesehen zu haben, sondern hätte mir vielmehr gewünscht, es wäre nie geschehen. Ich war nicht befangen, wenn ich mit ihnen zusammen war – was ja verständlich gewesen wäre –, ich hatte nur (völlig grundlos) das Gefühl, dass sie einander lieber mochten als mich, dass sie das auf eine Art und Weise zum Ausdruck brachten, wie sie es mir gegenüber nie hätten ausdrücken können, und dass deshalb nun auch Will irgendwie und irgendwo, irgendwelcher Dinge wegen, von denen er gar nichts wusste, gar nichts wissen konnte, die beiden mir vorzog.

Auf dem Weg zur *Casita* hatte ich sehr wenig gesagt. Natürlich dachte ich, Piers würde mich fragen, was los sei. Ich hätte ihn angeschwindelt. Aber darum ging es gar nicht. Es ging darum, dass ich es nicht begreifen konnte. Warum nur, warum? Was hatte sie bewogen, so zu handeln, sich so zu benehmen, wie ich es im Garten gesehen hatte? Für mich waren sie andere Menschen geworden, fremde, geheimnisvolle Wesen. Zum ersten Mal bekam ich eine schwache Vorstellung davon, wie wenig durchschaubar der Mensch im Grunde ist, es war meine erste Ahnung von dem, was Einsamkeit ausmacht. Ganz klar begriff ich damals nur so viel, dass wir, einst eine Gruppe, die fest zusammenhielt, jetzt zweigeteilt waren: Piers und Rosario, Will und ich.

Dabei hatte ich mir Will nicht ausgesucht. Nur selten suchen wir uns unsere Bekannten, die Menschen, die wir

Freunde nennen, selbst aus. Sie werden uns auf die unterschiedlichste Art und Weise aufgenötigt. Hundert Menschen an uns vorbeiziehen zu lassen und einen oder zwei davon auszuwählen – das ist uns nicht vergönnt. Damals wusste ich davon nichts, ich verübelte es Will, dass er Will war, ein dreister, aufdringlicher Junge mit rotem Haar und dünner, empfindlicher Haut, und dass er so viel weniger nett war als mein Bruder oder Rosario. Doch er war für mich da, sie waren es nicht. Nicht mehr. Ich spürte, dass seine Einstellung zu mir ganz ähnlich war. Ich war zweite Wahl, mehr stand ihm nicht zu, ich war seine Gefährtin – in Ermangelung von Besserem. Das sollte mein künftiges Los im Leben sein – und seins vielleicht auch, doch das kümmerte mich wenig. Und weil all dies mich beschäftigte, trennte ich mich in der *Casita* von Piers und Rosario, die eins der Zimmer betreten hatten, und von Will, der die vordere Halle erkundete, und ging allein die Treppe hinauf.

Ich hatte keine Angst vor dem Haus, zumindest damals nicht. Dazu war ich zu tief getroffen. Mein ganzes Elend, all meine Ängste gründeten in menschlichem Tun, waren nicht von übernatürlichen Kräften bewirkt. Wenn ich überhaupt an das »böse Zimmer« dachte, dann mit jener Leichtfertigkeit, jenem Fatalismus, die sich im Gefolge einer bestimmten Art der Traurigkeit einstellen: Die Dinge stehen so schlimm, dass jedes, aber auch jedes neu eintretende Ereignis – ob Katastrophe, Verlust oder Tod – als Erleichterung empfunden wird. Ich stieg also die Treppe hinauf und erforschte ohne Beklommenheit und ohne große Anteilnahme das ganze Haus, sah in alle Zimmer.

Es war drei Stockwerke hoch. Mit Ausnahme einiger Gegenstände, die sich nur mit Mühe fortbewegen oder abnehmen ließen – schwere Wandspiegel in vergoldeten Rahmen, ein wuchtiges Bett mit Kopfteil und Bettpfosten aus dunkler Eiche, ein bemalter Schrank aus Holz –, enthielt es keinerlei Einrichtungsgegenstände. Ich hörte, wie mein Bruder und Rosario auf der Treppe unter mir miteinander sprachen und spürte dunkel, dass Piers nicht im Haus geblieben wäre, uns den Aufenthalt darin nicht gestattet hätte, wenn Möbel und Teppiche und Bilder da gewesen wären. Er war gesetzestreu und verantwortungsbewusst. In ein Haus, das er als ein bewohntes Zuhause sah, wäre er nie unbefugt eingedrungen.

Doch dieses Haus stand seit Jahren leer, jedenfalls hatte ich diesen Eindruck. Die Spiegel waren trüb und blau von Staub. Die Sonne drang, ungehindert von Fensterläden oder Vorhängen, in alle Zimmer und sandte ihr Licht in breiten Bahnen träg ziehenden Staubs durch weite, schier unerträglich heiße Räume. Wohl, weil ich ein Kind des Nordens war, assoziierte ich Gespenstertreiben mit Kälte. Obgleich alles, was ich in Llosar bislang erlebt hatte, mich vom Gegenteil hätte überzeugen müssen, hatte ich mir vorgestellt, in der *Casita de Golondro* sei es kalt und dunkel.

Die Hitze war erstickend, die Luft wie ein Gas. Man atmete eine Suspension aus warmem Staub. Die Fenster waren groß, dunstig-trübes Sonnenlicht erfüllte das Haus, es war fast so hell wie draußen. Ich trat im ersten Stock an eins der Fenster, um es aufzustoßen, aber es war verriegelt, und die Beschläge waren so steif, dass ich sie nicht aufbekam. Während ich mich noch mit dem Fensterriegel abmühte, kam von hinten Will geschlichen und stieß, auf Armeslänge herangekommen, jenen Laut aus, den Kinder mit Gespenstern assoziieren, eine Art trillerndes Crescendo, einen jaulenden Sirenenton.

»Komm, hör auf«, sagte ich. »Denkst du, ich hätte dich nicht gehört? Eine Elefantenherde ist leise gegen dich.«

Das traf ihn nicht. Es gab nichts, was ihn treffen konnte.

»Kennst du die kürzeste Gespenstergeschichte der Welt? Es war einmal ein Mann, der griff im Dunkeln nach einer Streichholzschachtel, aber ehe er sie gefunden hatte, steckte sie schon in seiner Hand.«

Ich ließ ihn stehen und stieg den letzten Treppenabsatz hinauf. Von Piers und Rosario war nichts zu sehen, nichts zu hören. Ich sah wieder die Doppelzypresse vor mir und ihren Schatten und fühlte mich hundeelend. Irgendwo machten sie das jetzt vielleicht wieder. Hielten sich ganz fest, sahen sich in die Augen. Ich stand auf dem obersten Treppenabsatz, und eine innere Stimme flüsterte, was sie seither so oft geflüstert hat, wenn es um menschliche Beziehungen ging: Denk nicht an die beiden, vergiss sie, bleib für dich, da bist du am sichersten. Aber mein Bruder? Bei meinem Bruder war es doch etwas anderes …

Die Zimmer im obersten Stockwerk waren niedriger, kleiner als die darunter und womöglich noch heißer. Es klingt unverständlich, wenn ich sage, dass diese Bodenkammern wie Keller waren, und doch war es so. Sie waren hoch oben im Haus, unter dem Dach, aber sie vermittelten die Klaustrophobie von Räumen unter der Erde, ein schwerer Druck von vielen Backstein- und Mörtelschichten schien auf ihnen zu lasten.

Es ist für mich nicht ganz einfach, von dem zu berichten, was mir danach geschah. Nicht, dass ich je an der Realität des Erlebnisses gezweifelt hätte, sondern wohl deshalb, weil man es mir natürlich nicht geglaubt hat. Diejenigen, denen ich davon erzählt habe – es waren nur einige wenige –, meinten, ich hätte mich einfach gefürchtet, sei auf Gruselerlebnisse eingestellt gewesen, und den Rest habe meine Fantasie besorgt. Aber ich fürchtete mich nicht. Ich war so furchtlos, dass ich nicht einmal bei Wills plötzlichem Überfall zusammengezuckt war. Ich war auf nichts eingestellt. Ich war voller Ängste, aber wovor ich mich ängstigte, das waren Ablehnung und Einsamkeit, und dass andere nach und nach das Geheimnis des Lebens ergründen würden, während ich dumm und unwissend blieb. Und dass ich Piers verlieren könnte.

Die Türen aller anderen Zimmer hatten offen gestanden. Wenn jemand in einer solchen Situation an eine geschlossene Tür kommt – und mag er noch so elend, noch so sehr mit eigenen Nöten beschäftigt sein –, wird eine natürliche menschliche Neugier ihn dazu treiben, sie zu öffnen. Die geschlossene Tür war am Ende des Ganges, auf der linken Seite. Ich ging über den Gang, durch die stickige Luft, eine Luft, die so dick war, dass man sie gleichsam beiseite schieben musste, drückte die Klinke herunter und machte die Tür auf. Ich betrat einen ziemlich kleinen länglichen Raum. An der Wand zu meiner Linken war wieder ein Spiegel, allerdings war dieser hier weder groß noch goldgerahmt oder mit Fliegendreck gesprenkelt, sondern eher wie ein Fenster mit einem einfachen Holzrahmen und einer Art Sims an der unteren Schmalseite. Ich erkannte, dass es ein Spiegel war, sah aber nicht hinein, eine innere Stimme warnte mich davor.

Im Zimmer war es dunkel. Nein, nicht dunkel, aber dunkler als in den anderen Räumen. Hier – und offenbar nur hier – waren die Fensterläden vorgelegt. Ich machte ein paar Schritte in die warme Düsternis hinein, und die Tür schloss sich hinter mir. Im Rückblick weiß ich, dass daran nichts Übernatürliches, nicht einmal etwas Verwunderliches war. Im Gegensatz zu allen anderen Türen war sie geschlossen gewesen, und das deutete darauf hin, dass es sich um eine jener Türen handelte, die stets von selbst zuklappen und nur offen bleiben, wenn man einen besonderen Anschlag vorsieht. Das überlegte ich mir damals nicht. Ich stellte überhaupt keine vernünftigen oder praktischen Überlegungen an, denn allmählich bekam ich es mit der Angst zu tun. Hätte ich Licht ins Zimmer lassen können, wäre mir wohler gewesen, aber das ging nicht, die Läden waren ja vor dem Fenster angebracht. Ich sagte vorhin, dass es dort oben wie im Keller war. Ich kam mir vor wie in einer Gruft.

Etwas hielt mich fest, als sei ich angekettet, es war, als habe man mich gefesselt, um mich wegzutragen. Und ich wusste, dass hinter mir oder vielmehr zu meiner Linken jener Spiegel war, in den ich nicht blicken durfte. Was auch geschah, ich durfte nicht hineinblicken, dabei drängte es mich, ja, ich brannte geradezu darauf, eben dies zu tun.

Wie lange stand ich dort, nach Luft ringend, in der heißen, zeitlosen Stille? Vermutlich nicht länger als ein, zwei Minuten. Ich stand nicht ganz ruhig, ich merkte, dass ich mich sacht drehte – wie ein Kreisel, dessen Drehung langsamer wird, ehe er umkippt und zur Seite fällt. Wegen des Spiegels schloss ich die Augen. Es war, wie gesagt, ganz still, nie vorher und nie nachher habe ich eine so tiefe Stille erlebt, doch dann wurde das Schweigen gebrochen. Von irgendwoher oder aus meinem Inneren hörte ich die Stimme meines Bruders. Ich hörte Piers fragen:

»Wo ist Petra?«

Als ich ihn später darauf ansprach, stritt er ab, mich gerufen zu haben. Sehr nachdrücklich erklärte er, dass er mich nicht gerufen hatte. Bildete ich mir seine Stimme ein, so wie ich mir das einbildete, was ich dann sah? Ganz deutlich hörte ich seine Stimme, in beiläufigem Ton, und dennoch fürsorglich-liebevoll.

»Wo ist Petra?«

Die Worte sprengten die unsichtbaren Ketten. Ich öffnete die Augen und sah den staubig-heißen, leeren Raum vor mir. Ich drehte mich rasch um und streckte eine Hand nach der Tür aus. Dabei wandte ich mein Gesicht dem Spiegel zu, ich beschrieb einen Kreisbogen vor dem Spiegel und sah nicht mich, sondern das, was im Spiegel war.

Es war, wie gesagt, dunkel. Ich blickte in ein seltsam fließendes Dämmerlicht, in dem das Zimmer gespiegelt und gleichzeitig verwandelt wurde: Zwei Fenster waren dort, wo keine Fenster waren, und statt meiner war da die Gestalt eines Mannes, der sich in den hintersten Winkel des Zimmers drückte. Ich starrte ihn an, die Erscheinung, den Schatten eines bärtigen, abgerissenen Menschen, nicht deutlich zu erkennen, sondern vernebelt durch das dunstige Dunkel, das zwischen ihm und mir hing. Ich hatte dieses bärtige Gesicht schon einmal gesehen – oder nur in einem bösen Traum? Auch er sah mich an, boshaft und voller Wut. Wir musterten einander mit großen Augen, und als er sich von der Wand weg in meine Richtung bewegte, fürchtete ich sekundenlang, es könne ihm irgendwie gelingen, durch den Spiegel zu brechen und sich auf mich zu stürzen. Aber als ich zurückzuckte und die Hände hob, öffnete er die gespiegelte Tür und verschwand. Ich stieß einen Schrei aus. Niemand hatte die Tür auf meiner Seite des Spiegels geöffnet, sie war noch immer geschlossen. Ich machte sie auf, verließ das Zimmer und blieb einen Moment still stehen, den Rücken an die Tür gelehnt. Der Hauptgang war leer, ebenso der rechts abzweigende Nebengang. Ich lief über den Gang und hatte das Gefühl, ich dürfe nicht zurückschauen, erst als ich um die Ecke gebogen und oben an der Treppe angekommen war, verminderte ich mein Tempo, stieg langsam, tief atmend, die Stufen herunter bis zum nächsten Absatz und sah dort Piers, der auf dem Weg nach oben war.

Am liebsten hätte ich mich in seine Arme geworfen. Stattdessen blieb ich ein paar Stufen über ihm stehen und sah auf ihn hinunter.

»Hast du mich gerufen?«, fragte ich.

»Nein. Wann denn? Jetzt eben?«

»Vor einer Minute.«

Er schüttelte den Kopf. »Du siehst aus, als hättest du ein Gespenst gesehen.«

»Findest du?« Warum habe ich es ihm nicht gesagt? Warum habe ich geschwiegen? Oft genug habe ich mich gefragt, warum die warnende innere Stimme mich nicht drängte, es ihm zu sagen und ihn damit vielleicht zu retten. Sicher fürchtete ich, ausgelacht zu werden, denn schon damals war mir jede – selbst seine – Freundlichkeit suspekt. »Ich bin in ein Zimmer gegangen«, sagte ich, »und die Tür ist hinter mir zugeschlagen, da habe ich mich wohl ein bisschen erschreckt. Wo sind die anderen?«

»Will hat das Spukzimmer gefunden, das behauptet er jedenfalls. Er habe nicht mehr herausgekonnt, sagt er.«

Typisch Will! Jetzt hatte ich keine Chance mehr, selbst wenn ich es fertig gebracht hätte, über das Geschehene zu sprechen. Ich begegnete Piers' Blick, und er lächelte mir aufmunternd zu. Nie mehr hat es mich so sehr danach verlangt, nach der Hand eines Menschen zu greifen und sie festzuhalten wie damals, als ich so gern die Hand meines Bruders ergriffen hätte. Doch ich konnte nur mit meiner rechten Hand meine Linke umfassen und so alles in mir verschließen.

Wir gingen nach unten zu den anderen und verließen das Haus. Will befestigte den Stoff wieder über der zerbrochenen Scheibe, und wir machten uns in der Tageshitze auf den Heimweg. Den anderen fiel auf, dass ich ungewöhnlich still war, und das sagten sie auch. Jetzt hätte ich Gelegenheit gehabt, es ihnen zu erzählen, aber natürlich brachte ich das nicht fertig. Will war mir zuvorgekommen. Auf seltsame Weise aber hatte das, was mir in dem Zimmer mit den geschlossenen Fensterläden und der zugeschlagenen Tür widerfahren war, doch einen Nutzen für mich gehabt. Meine Eifersucht auf Piers und Rosario, mein Groll, meine Verunsicherung – so würde man es heute wohl nennen – waren verschwunden. Die neue Sorge hatte die anderen verdrängt.

Nichts hätte mich dazu gebracht, noch einmal zur *Casita* zu gehen. Während wir zwischen den stachligen Wacholdern und dem gelben Ginster, den saftig-grünen Arbutusbüschen und dem Salbei über den Hang gingen, fröstelte ich in der heißen Sonne, ich sah gerade vor mich hin, weil ich es nicht wagte zurückzuschauen. Nicht einen einzigen Blick warf ich zurück. Als ich später vom Schlafzimmerfenster aus, wo man die *Casita* gar nicht sehen konnte, die Landschaft betrachtete, mochte ich nicht einmal in die Richtung sehen, nicht einmal auf den Hügelkamm, der das Haus verbarg.

An jenem Abend gingen Piers und Rosario zum ersten Mal zusammen aus. Auf eine bewusste Täuschung hatten sie es gewiss nicht angelegt, aber meine Eltern dachten, sie seien mit mir und Will und Wills Mutter zu der Volkstanzvorführung nach Muro gefahren. Angeblich sollten dort auch die *ximbombes* gespielt werden, die wollten wir uns anhören. Piers und Rosario hatten sich zunächst auch für diese malorquinischen Trommeln interessiert, waren aber nicht mitgekommen. Will dachte, sie seien mit meinen Eltern zu dem römischen Amphitheater gefahren, das gerade in Puerto de Belver ausgegraben worden war, obgleich es inzwischen so dunkel war, dass man nichts mehr sehen konnte.

Als wir nach Hause kamen, waren sie schon zurück. Sie saßen am Tisch auf der Veranda. Der Mond schien hell, die Zikaden lärmten, und natürlich war es warm, die Luft war weich und duftete. Ich war seit meinem Abenteuer vom Vormittag nicht mehr allein gewesen und mochte auch jetzt nicht allein sein, in mein Moskitonetz eingehüllt wie in ein Leichentuch, umgeben von unheimlichen Mondlichtmustern an den Wänden. Doch ich war gerade erst heimgekommen, als Rosario aufstand und nach oben ins Schlafzimmer ging. Wir wechselten kaum ein Wort, wir hatten uns nichts mehr zu sagen.

Am nächsten Abend gingen sie wieder zusammen aus dem Haus. »Wo geht ihr denn hin?«, sagte mein Vater zu Piers.

»Spazieren.«

Ich dachte, er würde sagen: »Nehmt Petra mit«, ich rechnete eigentlich fest damit, aber er sagte es nicht. Er sah meine Mutter an. Wirklich? Ist das eine echte Erinnerung? Doch, sicher haben sie sich angesehen, sicher lag ein nachsichtiges Lächeln um ihre Lippen.

Es war mondhell. Ich ging nach oben und sah im Zimmer meiner Eltern aus dem Fenster. Das Dorf war eine Lichterkette, die sich an der Küste entlangzog und in der hie und da eine Perle fehlte. In diese dunklen Lücken drang der Mond nicht ein. Die ruhige See phosphoreszierte leicht. Kein Mensch war zu sehen. Piers und Rosario mussten in die andere Richtung, ins Hinterland gegangen sein. Was ist, dachte ich, wenn ich mich jetzt umdrehe, und in der Ecke, im Schatten, steht jener Mann?

Ich fuhr herum, und natürlich war da nichts, gar nichts. Ich lief nach unten, und um uns den Abend zu vertreiben, holten wir die Karten heraus, und meine Eltern und ich spielten eine einsame Runde Bettelmann. Um neun kamen Piers und Rosario. Am nächsten Tag waren wir am Strand, wo Will, dem jeder Tag für einen Aprilscherz recht war, uns mit der Nachricht erschreckte, eine neue Qualleninvasion sei im Anzug, er habe sie vom Pier des Hotels aus in unsere Richtung treiben sehen.

Das erwies sich sehr bald als Falschmeldung. Will wurde verziehen, weil es sein vorletzter Tag war. Er brüstete sich mit seinen Abenteuern im »Spukzimmer« der *Casita* vor zwei Tagen und behauptete, er habe sich verzweifelt gegen die Gespenster wehren müssen, die versucht hätten, ihn durch die Wand zu ziehen. Ich sagte nichts. Ich hätte nicht darüber sprechen können. Als die Zeit der Siesta gekommen war, legte ich mich aufs Bett und muss wohl geschlafen haben, denn Rosario hatte auf dem anderen Bett gelegen, aber als ich aufwachte, war sie schon fort; ich hatte weder gehört noch gesehen, wie sie das Zimmer verließ.

Sie waren nicht da, sie und mein Bruder, als ich nach unten kam und wir uns fertig machten, mit Will und seinen Eltern in einem Leihwagen zu den Gärten eines maurischen Herrenhauses zu fahren.

»Piers und Rosario kommen nicht mit«, sagte meine Mutter deutlich verstimmt, und weil sie wohl das Gefühl hatte, die Höflichkeit den Harveys gegenüber erfordere eine nähere Erklärung, setzte sie hinzu: »Ein Fischerjunge aus dem Ort wollte sie in seinem Boot mitnehmen. Sie lassen sich entschuldigen.«

Ob diese Fischerjungengeschichte stimmte, weiß ich nicht, vermute allerdings, dass sie eine Erfindung meiner

Mutter war. Sie konnte schlecht sagen – damals sagte man so etwas noch nicht: »Mein Sohn will mit seiner Freundin allein sein.« Mag sein, dass es einen Fischerjungen und ein Boot gegeben hat, mag sein, dass der Fischerjunge zu gegebener Zeit befragt wurde. Vermutlich wurden alle befragt, die möglicherweise Piers und Rosario gesehen oder gesprochen hatten, alle, von denen man annahm, sie könnten etwas über ihren Verbleib wissen, denn die beiden kamen nie zurück.

# 6

Damals gab es nur wenige Lokale auf der Insel, man aß in den Restaurants der großen Hotels oder in kleinen *Tabernas.* Auf dem Rückweg von den maurischen Gärten fanden wir ein Restaurant, das im Zuge der Tourismuswelle in einem Dorf namens Petra neu eröffnet hatte. Natürlich gab das Anlass zu vielen gutmütigen Scherzen um meinen Namen, und der Besitzer des *Restorán del Toro* strahlte und hieß uns herzlich willkommen.

Concepción hatte für Piers und Rosario das Abendessen richten sollen. Als wir zurückkamen, war sie fort, und die beiden waren noch nicht zu Hause. Meine Eltern ärgerten sich. Sie waren zerstreut und mochten vor mir nicht viel sagen, eine Bemerkung allerdings fing ich auf, einen eigenartigen Satz, der mir damals unverständlich war: »Zusammen sind sie erst einunddreißig.«

Es ist nicht ungewöhnlich, dass auf Verstimmung Besorgnis folgt. *Sie sind spät dran, es ist unverzeihlich, wo sind sie, sie kommen nicht, es muss etwas passiert sein.* Um halb zehn begann der Stimmungsumschwung. Ich wurde ins Verhör genommen. Hatte ich eine Ahnung, wo sie hingegangen sein könnten? Hatten sie irgendetwas zu mir gesagt?

Wir hatten kein Telefon, was vor vierzig Jahren in einem solchen Ort nicht gar so ungewöhnlich war. Und was hätte es uns auch genutzt? Mein Vater trat vors Haus, und ich folgte ihm. Er blieb vor der Tür stehen und sah die lange Küstenlinie entlang. Es ist dies eine typische Reaktion, wenn wir uns Sorgen machen, weil jemand nicht zur vereinbarten Zeit kommt, weil eine Heimkehr sich verzögert, obgleich wir uns damit, wenn dort der Erwartete tatsächlich ist und uns entgegeneilt, allenfalls einige wenige unruhige Augenblicke ersparen. Sie waren nicht dort. Niemand war dort. In den Häusern brannte Licht, die bunten Birnchen an den Kabeln zwischen dem Weinlaub auf dem Hotelpier leuchteten, aber weit und breit war kein Mensch zu sehen. Der abnehmende Mond schien auf einen verlassenen Strand, an dem die Flut ein Stückchen hochkroch und matt zurückrieselte.

Außer Concepción waren Wills Eltern unsere einzigen Bekannten auf der Insel, und als nach einer weiteren Stunde Piers und Rosario immer noch nicht da waren, sagte mein Vater, er würde zum Hotel gehen und sich mit den Harveys beraten. Außerdem hatte das Hotel Telefonanschluss. Es klang nicht mehr unsinnig, wenn davon die Rede war, die Polizei anzurufen. Dennoch trug mein Vater entschlossene Zuversicht zur Schau. Als er ging, sagte er, bestimmt würde er unterwegs Piers und Rosario treffen.

Niemand schickte mich zu Bett. Mein Vater kam zurück, aber nicht mit Wills Eltern, die es übernommen hatten, »sicherheitshalber« die Polizei anzurufen, sondern mit Concepción, er hatte bei ihr im Dorf Halt gemacht. Nur meine Mutter konnte sich mit ihr verständigen, doch sogar sie hatte große Mühe mit dem mallorquinischen Dialekt. Bald aber hatten wir alle begriffen. In Zeiten der Not werden die Grenzen der Sprache durchlässig. Concepción hatte an diesem Abend meinen Bruder und meine Cousine nicht gesehen, sie waren nicht zu dem Abendessen gekommen, das sie ihnen gerichtet hatte. Seit fünf waren sie verschwunden.

Jene Nacht ist mir sehr deutlich im Gedächtnis geblieben, jede Stunde gekennzeichnet durch ein bestimmtes Ereignis: das Eintreffen der Polizei, die Suche am Strand, die Zusammenkunft in der Hotelhalle, die Anrufe vom Hotel aus in anderen Hotels, insbesondere dem auf Formentera, die unfassbare Unzulänglichkeit des Telefonsystems. Wir hatten gerade erst Vollmond gehabt, und ich fand, dass der Mond länger schien als sonst, Dorf und Strand in durchdringend weiße Helle, in ein vom Himmel selbst gesandtes Flutlicht tauchend. Irgendwann muss ich, müssen wir alle geschlafen haben, aber in Erinnerung geblieben ist mir eine weiße, durchwachte Nacht, eine Morgendämmerung, die mit unmelodischem Vogellaut und kühlem, perlmuttfarbenem Licht heraufzog.

Die ärgsten nächtlichen Befürchtungen machten am warmen Vormittag einer allem Anschein nach realistischeren Einschätzung Platz. Um Mitternacht waren sie tot gewesen, ertrunken, bis zum Mittag war daraus eine freiwillige Flucht geworden. Bei meiner Befragung hatte ich nichts über die verschlungene Zypresse im Garten gesagt, Will aber war nicht so diskret. Sein letzter Tag auf der Insel war nun von allen der aufregendste geworden. Er habe gesehen, wie Piers und Rosario sich küssten, habe sie Händchen halten sehen. Richtig verknallt seien sie gewesen, verriet er augenrollend und Grimassen schneidend. Es bedurfte keiner großen Überredungskunst, um ihm einen Bericht über unseren Besuch in der *Casita* zu entlocken sowie eine Bemerkung meines Bruders – vermutlich Wills freie Erfindung –, er wolle dort wieder hin, um mit Rosario allein zu sein.

Die *Casita* wurde durchsucht. Nichts deutete darauf hin, dass Piers und Rosario da gewesen waren. Kein Fischer aus Llosar hatte sie in seinem Boot mitgenommen, oder zumindest gab keiner es zu. Als Letzter hatte sie um fünf der Dorfpfarrer gesehen, der Rosario kannte und sie im Vorübergehen angesprochen hatte. Trotzdem waren eine Weile alle fest davon überzeugt, dass mein Bruder mit Rosario durchgebrannt war. Die Besorgnis meiner Eltern verlor sich kurz und wich neuerlicher Verärgerung. Ein, zwei Tage ärgerten sie sich über einen Sohn, dessen Betragen bisher kaum je Anlass zu Ärger gegeben hatte. Er, der makellos war, hatte sich mit diesem schweren Makel behaftet.

Ronald und Iris Harvey verschoben ihre Abreise. Ich denke mir, dass Iris es nicht ungern hörte, wenn meine Mutter ihr immer wieder sagte, was für eine Stütze sie an ihr habe und wie unentbehrlich sie uns geworden sei. Man schickte nach José-Carlos und Micaela. Soweit ich weiß, hörten meine Eltern kein Wort des Vorwurfs von ihnen. Soweit ich weiß ... das will natürlich nicht viel heißen. Und ich war mit meinem eigenen Kummer beschäftigt – nein, so konnte man es noch nicht sagen. Mit meinem Staunen, meinem Zweifel, meiner Bestürzung.

Piers' Pass war noch da. Rosario war ja in ihrem eigenen Land und brauchte keinen. Außer den Sachen, die sie trugen, hatten sie nichts mitgenommen. Piers besaß keinen Penny, Rosario aber hatte Geld. Sie hätten aufs spanische Festland gehen können, hätten, ehe die Jagd begann, reichlich Zeit gehabt, nach Palma zu fahren und von dort mit dem Schiff nach Barcelona überzusetzen. Die Polizei fand keinen Hinweis darauf, dass sie in dem Bus gesessen hatten, der abends um sechs in Llosar abfuhr, allerdings gab es auch keine zweifelsfreien Beweise dafür, dass sie diesen Bus nicht genommen hatten. Außer dem Bus kam als Transportmittel nur ein Leihwagen in Frage. Niemand hatte sie nach Palma oder in irgendeinen anderen Ort gefahren.

Die Theorie vom durchgebrannten Liebespaar hatte nur den einen Fehler, dass sie nicht zu dem Charakter der beiden passte. Warum hätte Piers weglaufen sollen? Er war glücklich. Er ging gern zur Schule, hatte sich auf das letzte Schuljahr und auf Oxford gefreut. Meine Mutter sagte, als Wills Mutter wieder einmal mit der Romeo-und-Julia-Theorie kam:

»Aber wir hätten ihn nicht daran gehindert, mit seiner Cousine zusammen zu sein, wir hätten sie zu uns eingeladen. Sie hätten sich immer in den Ferien treffen können. Wir sind nicht streng mit unseren Kindern, Iris. Wenn sie sich wirklich so gern hatten, hätten sie sich in ein paar Jahren verloben können. Aber sie sind noch so jung.«

Ende der Woche wurde in Alcudia eine Leiche angeschwemmt, die Leiche eines jungen Mannes mit einer Messerwunde in der Brust, den man einige Stunden für Piers hielt. Am gleichen Tag noch identifizierte eine Frau aus Muralla den Toten als einen Mann aus Barcelona, der Anfang des Sommers auf die Insel gekommen war und am Strand campiert hatte. Doch die Stichwunde ließ Böses ahnen, sie ließ die schrecklichsten Gedanken in uns aufkommen.

Erneut wurden die *Casita* und der Garten durchsucht. Gerüchtweise verlautete, ein Teil des Gartens sei aufgegraben worden. Die Bevölkerung begann Erinnerungen an dieses oder jenes Unglück aus ferner Vergangenheit vorzukramen, an einen Selbstmordpakt in einem entlegenen Dorf im Binnenland, an einen Mord in Palma, ein Unglück mit einem Fischerboot, einen geheimnisvollen, nie aufgeklärten Todesfall in einem Hotelzimmer. Wir saßen im Haus und warteten, der Abreisetermin rückte näher, war da – und verstrich. Wir warteten auf Nachricht, wir drei mit José-Carlos und Micaela, und rechneten alle – bis auf meine Mutter – mit einem Todesbescheid. Weder damals noch später ließ sich meine Mutter je in ihrem Glauben irremachen, dass Piers lebte und sich bald bei ihr melden würde.

Nach einer Woche fuhren die Harveys heim, verschwanden damit aber nicht aus unserem Leben. Iris Harvey und meine Mutter waren Freundinnen geworden, die Freundschaft blieb bis zum Tode meiner Mutter bestehen und damit auch mein Kontakt zu Will. Sehr sympathisch war er mir nie. Ich erinnere mich noch heute, wie er sich an dem Verschwinden meines Bruders förmlich weidete, erinnere mich an seine heillose Häme, an seine Aufregung, als die Polizei eintraf, als er die Beamten auf einer Suchaktion begleiten durfte. Aber er war ein fester Bestandteil meines Lebens, ich konnte ihn nicht daraus entfernen, es ist mir nie gelungen.

Drei Wochen, nachdem wir Piers und Rosario verloren hatten, sagte mein Vater:

»Wir fahren am Freitag nach Hause, ich bereite alles vor.«

»Piers wird denken, dass wir hier sind«, sagte meine Mutter. »Piers wird uns hierher schreiben.«

Mein Vater nahm ihre Hand. »Er weiß, wo wir wohnen.«

»Ich werde meine Tochter nie wiedersehen«, sagte Micaela. »Wir werden sie nie wiedersehen, ihr wisst es, wir alle wissen es, sie sind tot und für immer dahin.« Und zum ersten Mal begann sie zu weinen, mit den ungeübten

Schluchzern einer erwachsenen Frau, die lange, glückliche Jahre ohne Tränen hinter sich hat.

Zwei Wochen später fuhr mein Vater allein nach Mallorca zurück. Er quartierte sich in Palma ein und schrieb uns täglich, da das Telefon zu unzuverlässig war. Wenn er nicht bei der Polizei war, reiste er in einem Mietwagen mit Dolmetscher über Land und zog in den Dörfern Erkundigungen ein. Meine Mutter erwartete mit jeder Post einen Brief – nicht von ihm, sondern von Piers. Inzwischen weiß ich, dass in vielen Fällen die Mütter vermisster Söhne nicht bereit sind, den Tod ihrer Kinder zu akzeptieren. Besonders häufig findet man das im Krieg, wenn der Tod so gut wie sicher ist, aber nicht bewiesen werden kann. Meine Mutter beharrte darauf, dass Piers am Leben war und nur durch die Umstände an der Rückkehr oder am Schreiben gehindert wurde. Was für Umstände das hätten sein können, sagte sie nie, und es war sinnlos, mit ihr zu diskutieren.

Erstaunlicher war, dass mein Vater, der sich in jenen ersten Tagen mit Piers' Tod offenbar abgefunden hatte, später teilweise auf ihre Linie umschwenkte. Zumindest sagte er, es sei Unrecht, von Piers zu reden wie von einem Toten, es sei Unrecht, die Hoffnung und die Suche aufzugeben. Deshalb verbrachte er in den kommenden Jahren so viel Zeit, manchmal allein, manchmal mit meiner Mutter, auf den Balearen und auf dem spanischen Festland.

Tragischerweise ließen sie – obgleich sie sich zumindest

Dritten gegenüber tapfer zu ihrem Glauben an Piers' Rückkehr bekannten – nicht von dem Vorsatz ab, weitere Kinder in die Welt zu setzen, wohl um sich über den Verlust hinwegzutrösten. Zuerst sagte meine Mutter mir nichts davon, und es war ein Schock für mich, als ich zufällig hörte, wie sie mit Iris Harvey darüber sprach. Als ich fünfzehn war, hatte sie eine Fehlgeburt und im gleichen Jahr noch eine zweite. Bald darauf fing sie an, sich bei mir über ihre Hoffnungen und Befürchtungen auszusprechen. Ich kann damals nicht gewusst haben, dass die Bemühungen meiner Eltern zum Scheitern verurteilt waren, aber es war, als wusste ich es, als fühlte ich – vielleicht auf Grund meiner pessimistischen Einstellung –, dass ein so leidenschaftlicher Wunsch sich nie erfüllen würde. Die Mächte, die über uns bestimmen, würden es nicht zulassen.

»Ich dürfte gar nicht so mit dir reden«, sagte sie (womit sie möglicherweise Recht hatte), tat es aber weiterhin. »Es heißt, dass das Verlangen nach einem Kind einen daran hindert, eins zu bekommen. Je mehr man es sich wünscht, desto unwahrscheinlicher wird es.«

Das klang plausibel, fand ich, es entsprach meiner bisherigen Lebenserfahrung.

»Aber keiner verrät dir, wie du es schaffst, so ein Verlangen von dir zu tun«, sagte sie.

Wenn sie nach Spanien reisten, blieb ich in England. Ich wohnte dann bei meiner Tante Sheila, die nicht müde wurde zu erklären, es sei eine Sünde und eine Schande, dass meine Eltern sich nicht mit dem Kind zufrieden geben könnten, das sie hatten. Ich hätte mich wohler bei ihr gefühlt, wenn sie mich nicht gar so oft gefragt hätte, warum meine Eltern mich nicht mitnahmen.

»Weil ich da nicht wieder hin will«, sagte ich. »Nie mehr.«

## 7

Der Verlust seines Sohnes machte meinen Vater reich. Sein Wohlstand war die unmittelbare Folge von Piers' Verschwinden. Wäre Piers in jener Nacht zurückgekommen, hätten wir so weitergelebt wie bisher, als eine ganz normale Mittelstandsfamilie in einer Doppelhaushälfte mit einem Familienvorstand, der Geometer bei der Kommunalverwaltung war. Doch Piers' Verschwinden machte uns reich und trug gleichzeitig erheblich dazu bei, Spaniens Mittelmeerküste und Mallorcas Urlaubsorte zu verschandeln.

Er wurde Bauunternehmer. José-Carlos, der bereits in der Baubranche tätig war, machte ihn zu seinem Teilhaber und beschaffte das Startkapital, und weil wachsender Bedarf im Tourismusgeschäft bestand, machten sie sich ans Bauen. Sie bauten Hotels: Türme und Hochhäuser in Schuhkarton- und Hufeisenform, Hotels wie babylonische Stufenpyramiden und italienische Renaissancepaläste. Sie bauten Ferienwohnungen und Einkaufszentren und Fußgängerzonen. Mein Vater war nach Spanien gekommen, weil er seinen Sohn finden wollte, er blieb, weil dieses neue, ungeheuer erfolgreiche Bauunternehmen ihn hielt.

Für sich und meine Mutter baute er ein Haus an der Nordwestküste, in Puerto de Soller. Getreu meinem Vorsatz fuhr ich nie mit ihnen hin, und schließlich kaufte mir mein Vater ein Haus in Hampstead. Er und meine Mutter verbrachten ihre Zeit hauptsächlich in Puerto de Soller, bemühten sich offenbar immer noch um Nachwuchs, obschon meine Mutter inzwischen Mitte vierzig war, und setzten immer noch Anzeigen in die Zeitungen, in denen sie Piers aufforderten, zu ihnen zurückzukehren, wo er auch sein mochte. Sie annoncierten seit Jahren im *Majorca Daily Bulletin* wie auch in der überregionalen spanischen Presse und in der *Times.* Anders José-Carlos und Micaela: Sie hatten von Anfang an keine Hoffnung gehabt und hielten Rosario für tot. Meine Mutter erzählte mir, dass sie nie von ihr sprachen. Als Micaela einmal von einer neuen Bekannten gefragt wurde, ob sie Kinder habe, antwortete sie mit einem schlichten Nein.

Falls sie irgendwelche Erklärungen für das Verschwinden von Piers und Rosario hatten, habe ich jedenfalls nichts davon erfahren. Man sagte mir nie, zu welchem Schluss die Nationalgarde gekommen war, ernsthafte, knapp und sachlich formulierende Männer in Feldmützen und braunen Uniformen. Ich entwickelte eigene Theorien. Die beiden waren ertrunken, als sie sich von einem Boot hatten mitnehmen lassen, und der Bootsführer hatte später nicht gewagt zu gestehen, welche Rolle er in der Sache gespielt hatte. Der Mann, dessen Leiche gefunden worden war, hatte die beiden umgebracht, die Toten versteckt und dann Selbstmord begangen. Meine Eltern hatten insofern Recht, dass die beiden durchgebrannt waren, weil sie selbst eine zeitweilige Trennung nicht ertragen hätten, aber ehe sie sich melden konnten, waren sie bei einem Verkehrsunfall ums Leben gekommen.

»Gerade dann hättet ihr es erfahren«, sagte Will. »Bei einem tödlichen Unfall wäre alles rausgekommen.«

Er und seine Mutter waren während der Schulferien, die meine Eltern immer in England verbrachten, bei uns zu Besuch. Von dem Geheimnis um das Verschwinden meines Bruders konnte er nie genug bekommen. Er hat nie begriffen – und vielleicht war ihm eine solche Einsicht einfach wesensfremd –, dass Spekulationen über Piers mir wehtaten. Noch heute erinnere ich mich an seine taktlosen Formulierungen. »Natürlich hat einer sie gekillt«, war eine seiner Lieblingssentenzen, und: »Jetzt findet die keiner mehr, das sind ja jetzt bloß noch Knochen.«

Andererseits kam er auch gern mit fantasievollen Theorien, nach denen die beiden noch am Leben waren. »Rosario hatte einen Haufen Geld. Sie hätten nach Spanien fahren, in einem Hotel absteigen und zwei Pässe klauen können. Sie hätten den anderen Gästen die Pässe klauen können. Wahrscheinlich haben sie sich mit Singen und Tanzen in Cafés Geld verdient, die Spanier mögen so was. Oder sie ist als Dienstmädchen gegangen. Oder als Aktmodell. Damit kann man viel Geld machen. Du sitzt nackt da, und die Leute, die das Malen lernen wollen, sitzen um dich rum und zeichnen dich.«

Er hatte nach wie vor eine große Vorliebe für Tricks und dumme Streiche. Um ihn daran zu hindern, meine Mutter anzurufen und sich mit einem entsprechenden Akzent als Franzose auszugeben, der über Piers' Verbleib Bescheid wusste, musste ich seine Mutter zu Hilfe holen. Danach sah ich Ronald und Iris Harvey und auch Will längere Zeit in London nicht mehr, allerdings haben sie, soviel ich weiß, alle drei einmal Urlaub in Puerto de Soller gemacht. Wills neuerlichen Auftritt in meinem Leben kündigte ein Kondolenzbrief an, den er mir sieben Jahre später schrieb, als meine Mutter gestorben war.

Danach ließ er es sich nicht nehmen, mich zu besuchen, mich auszuführen und mir auf etwas wunderliche Weise den Hof zu machen. Über meinen Vater sagte er mit seiner umwerfenden Taktlosigkeit: »Der macht's bestimmt nicht mehr lange, die beiden hingen sehr aneinander, nicht? Es wäre was anderes, wenn er wieder heiraten würde.«

Mein Vater heiratete nicht wieder und starb, Wills Voraussage erfüllend, nach nur fünf Jahren. Auch Will heiratete nicht, und ich vermutete immer, er sei homosexuell. Ich selbst heiratete drei Jahre nach dem Tod meiner Mutter den englischen Partner in dem von meinem Vater und José-Carlos aufgebauten internationalen Konzern. Roger war damals schon fast Millionär und zweieinhalbmal so alt wie ich. Wir führten das Leben reicher Leute, die zu wenig Beschäftigung und keine speziellen Interessen haben und kaum wissen, was sie mit ihrem Geld anfangen sollen.

Es war keine glückliche Ehe. Das heißt, so sah ich es, ich weiß ja nicht, wie es in anderen Ehen zugeht. Wir langweilten uns miteinander, und andere Menschen ängstigten uns, aber wir äußerten nur selten unsere Gefühle und brachten die Zeit damit hin, zwischen unseren drei Häusern zu pendeln und Möbel aus dem 17. Jahrhundert zu sammeln. Von Platitüden abgesehen ist mir besonders eine Bemerkung von Roger in Erinnerung geblieben: »Ich kann dir weder den Vater noch den Bruder ersetzen, Petra.«

Inzwischen war mein Vater gestorben. Als unmittelbare Folge von Piers' Tod war ich die Alleinerbin. Wäre er am Leben geblieben oder wären mehr Kinder da gewesen, hätte das ganz anders ausgesehen.

Einmal sagte ich zu Roger:

»Ich würde alles dafür geben, Piers zurückzubekommen.«

Sobald es heraus war, erschrak ich zutiefst vor einer derart freimütigen Äußerung, einer derart ausschweifenden Gefühlsbekundung, die mir so gar nicht ähnlich sah. Ich wurde dunkelrot und suchte besorgt in Rogers Miene nach Anzeichen von Betroffenheit, aber er zuckte nur die Schultern und wandte sich ab. Seither ging es noch schlechter mit uns. Von da ab sprach ich ständig davon – es war wie ein Zwang –, wie anders mein Leben verlaufen wäre, wenn mein Bruder noch lebte.

»Du wärst arm gewesen«, sagte Roger. »Du hättest mich nie kennen gelernt. Aber wahrscheinlich wäre das besser gewesen.«

So redete ich auch oft daher, ich nahm es nicht wichtig. Wer so etwas sagt, hat ein geringes Selbstwertgefühl, mehr steckt nicht dahinter, und geringer als ich konnte wohl niemand von sich denken, nicht einmal Roger.

»Wäre Piers am Leben geblieben, hätten meine Eltern mich nicht abgelehnt. Sie hätten mich nicht fühlen lassen, dass sie das falsche Kind verloren hatten, dass sie, wäre ich gestorben, mit dem anderen glücklich und zufrieden gewesen wären. Sie hätten nicht noch mehr Kinder haben wollen.«

»Mutmaßungen«, sagte Roger. »Das kannst du nicht wissen.«

»Mit Piers hinter mir hätte ich gelernt, Freunde zu gewinnen.«

»Du hättest ihn nicht hinter dir gehabt, er wäre seiner Wege gegangen. Ein Mann sieht seine Lebensaufgabe nicht darin, die eigene Schwester unter seine Fittiche zu nehmen.«

Zwanzig Jahre nach dem Verschwinden von Piers und Rosario wurde in Südfrankreich ein Mann verhaftet und unter der Anklage, auf dem Land zwischen Bédarieux und Lodève zwei Campingurlauber ermordet zu haben, vor Gericht gestellt. Bei seinem Prozess kam heraus, dass es sich möglicherweise um einen Massenmörder handelte, der in den letzten zwei Jahrzehnten bis zu zehn Menschen getötet hatte, einige seiner Opfer in Spanien, eins auf Ibiza. Sein Motiv war eine abnorme Abneigung gegen Touristen. Die englischen Zeitungen schrieben, es habe sich um eine stark ausgeprägte Xenophie gehandelt, die sich gegen einen bestimmten Typus ausländischer Besucher richtete.

Die Leiche des jungen Mannes mit der Stichwunde fiel mir ein, die am Strand von Alcudia angeschwemmt worden war.

Doch mochte ich nicht zugeben, dass dies die Erklärung für das Verschwinden von Piers und Rosario sein könnte. Ich hielt – »Genau wie deine Eltern!«, pflegte Roger zu sagen – an der Meinung fest, die halb Wunschdenken, halb Hoffnung war, sie seien doch noch irgendwo am Leben. Für mich war das eine Sinneswandlung, die sich mit dem Tod meines Vaters vollzogen hatte, als hätte ich diese Einstellung zusammen mit seinem Besitz übernommen.

Und was war mit dem Spukhaus, der *Casita de Golondro?* Was war mit dem sonderbaren Erlebnis, das ich dort gehabt hatte? Ich vergaß es nie, ich erzählte sogar Roger davon, der meine Geschichte mit Unverständnis und mit der Bemerkung quittierte, ich müsse ein unverdauliches spanisches Gericht gegessen haben. Im letzten Jahr seines Lebens aber gingen wir auf Haussuche; die Ärzte hatten ihm eröffnet, er dürfe nicht noch einen Winter in einem kalten Klima verbringen. Da Roger etwas gegen alles »Ausländische« hatte, musste es ein Haus in England sein, in

Cornwall oder auf den Kanalinseln. Zum Kauf kam es dann nicht mehr, da er im September des gleichen Jahres starb, aber bis dahin hatte ich viele Häuser besichtigt, unter anderem auch eines im südlichen Cornwall, bei Falmouth.

Es war ein viktorianisches Haus von beachtlicher Größe, fast so groß wie die *Casita,* in hässlichem neugotischem Stil, aber mit herrlichem Blick. Ein Makler führte mich herum, und ich war froh, dass er an meiner Seite war. Ich hatte dergleichen – einen innen liegenden Raum ohne Fenster – noch nie gesehen (so dachte ich damals). Nicht ungewöhnlich in diesen alten Kästen, meinte der junge Mann und murmelte etwas von mangelhafter Bauplanung.

Das Zimmer war im ersten Stock und hatte im Gegensatz zum Nebenzimmer keine Fenster, dafür war in die Trennwand zwischen den beiden Räumen ein großes Fenster mit einem zu öffnendem Oberlicht eingelassen, so dass Licht, wenn auch nicht viel Luft, in das fensterlose Zimmer gelangte. Die Viktorianer, erläuterte der junge Mann, misstrauten frischer Luft.

Ich stand vor dem Fenster in der Wand, und achtundzwanzig Jahre fielen von mir ab. Ich war wieder dreizehn, stand in dem einzigen verdunkelten Zimmer eines verwunschenen Hauses und sah in einen Spiegel. Jetzt aber begriff ich, dass es kein Spiegel gewesen war. Die verglaste Öffnung hatte nicht das Zimmer gespiegelt, in dem ich stand, sondern den Blick in einen dahinter liegenden Raum freigegeben, den Blick auf ein Zimmer mit Fenstern und einer weiteren Tür und auf die Person, die sich darin befand. Während ich dastand und mich daran erinnerte, wie sich die Tür öffnete, keine gespiegelte, sondern eine wirkliche Tür, erkannte ich sekundenlang den Zusammenhang zwischen dem Mann, den ich dort gesehen hatte, dem Fahrer des klapprigen Citroën und dem Massenmörder von Bedarieux. Aber ich war damit überfordert, ich konnte etwas so Monströses, so Abstoßendes nicht verkraften. Ich fröstelte, weil sich plötzlich undurchdringliche Finsternis vor mir aufgetan hatte, und der junge Mann fragte, ob mir kalt sei.

»Es ist das Haus«, sagte ich. »Nie im Leben würde ich so ein Haus kaufen.«

Will war bei uns zu Besuch, als Roger starb. Er war oft bei uns. Als er Roger kennen lernte, noch vor unserer Heirat, war es ihm irgendwie gelungen, sich bei ihm als ein von mir verschmähter Liebhaber einzuführen, ein ergebener Verehrer, der, obwohl er weiß, wie hoffnungslos sein Fall ist, es dennoch nicht übers Herz bringt, der geliebten Frau fernzubleiben, so demütig, so selbstlos ist seine Neigung. Hin und wieder ließ er Bemerkungen fallen wie: »Möge der Beste gewinnen« und: »Manche Männer haben eben Glück«, dabei hatte er nie auch nur meine Hand berührt oder ein zärtliches Wort an mich gerichtet. Das wollte ich Roger klar machen, der aber glaubte, ich wolle die Geschichte nur herunterspielen. Wie sonst ließ sich Wills Anhänglichkeit erklären? Weshalb, wenn nicht aus alter Liebe, rief er mich zwei oder drei Mal in der Woche an, bombardierte er mich mit Briefen, bemühte er sich, von mir eingeladen zu werden? Der arme Roger war zu spät im Leben zu Wohlstand gekommen, um zu begreifen, dass es möglicherweise um Geld ging, wenn man mir nachstellte.

Roger erlag, am Schreibtisch seines Arbeitszimmers sitzend, einem Herzinfarkt. Will fand ihn dort, als er diensteifrig mit einer Tasse Tee auf einem Tablett hereinkam, obwohl wir für derlei Dinge eine Haushälterin hatten. Er brachte es mir ebenso glitzeräugig-genüsslich bei, wie er damals der Polizei Geschichten über das Gespensterhaus erzählt hatte. Sein Ton war trauervoll, sein Blick aber voll freudiger Erregung.

Ein Vierteljahr später machte er mir einen Heiratsantrag. Ich gab ihm einen Korb, ohne mich auch nur einen Augenblick zu besinnen.

»Du wirst in den kommenden Jahren sehr einsam sein.«

»Ich weiß«, sagte ich.

# 8

Nie habe ich ernsthaft erwogen, mich mit Will zusammenzutun, aber ich brachte es auch nicht fertig, ihm zu sagen, ich wolle ihn nie wieder sehen. Er war mir widerwärtig mit seinem rosafarbenen Gesicht, das aussah wie rohes Kalbfleisch, dem roten Haar, dessen Karottenton sich mit seiner Gesichtsfarbe biss, den blässlichblauen Vogelei-Augen. Er hatte – wie ich – ein kaltes Herz, aber im Gegensatz zu mir hatte er auch ein hartes Herz. Alles an ihm war mir zuwider, seine Dickfelligkeit, seine Freude an grausamen Worten. Dennoch war er mein Freund. Mein einziger Freund. Ein Mann zum Ausgehen. Wenn er Dritten gegenüber durchblicken ließ, wir seien ein Liebespaar, lieferte ich weder Bestätigungen noch Dementi. Will rieb mir, seit er seine Stellung verloren hatte, so häufig seine Armut unter die Nase, dass ich ihm schließlich ein Einkommen aussetzte, aber losgekauft hatte ich mich damit nicht; er rückte mir nur noch mehr auf den Leib.

Ich machte ihn nie zu meinem Vertrauten, erzählte ihm nichts. Bei unseren Gesprächen ging es um banalste Dinge. Wenn er anrief – ich selbst rief ihn nie an –, tauschten wir die üblichen Belanglosigkeiten aus, und dann griff ich in meiner Verzweiflung meist auf einen bewährten Pausenfüller zurück:

»Und was hast du so gemacht, seit wir uns das letzte Mal gesprochen haben?«

Auch wenn ich nicht in London, sondern in dem Haus in Somerset war oder auf der »Burg«, einem mit Türmchen und Zinnen bewehrten Jagdhaus in Schottland, das Roger aus einer Laune heraus erstanden hatte, meldete sich Will telefonisch bei mir, dann aber per R-Gespräch. Hin und wieder sagte ich nein, wenn das Fräulein vom Amt anfragte, ob ich bereit sei, das Gespräch zu übernehmen, aber dann machte Will – der vielleicht nicht körperlich, ganz gewiss aber geistig zu den Dickhäutern zählte – nach einer halben Stunde einfach einen neuen Anlauf.

Selten vergingen drei Tage, ohne dass wir miteinander sprachen. Will erzählte mir von seinen Einkäufen – er kauft sich ausgesprochen gern etwas Neues –, von dem Ärger mit seinem Auto, von dem Elektriker, der ihn versetzt hatte, von seiner Erkältung; nie aber sprach er von dem, was er unter Liebe verstehen mochte, von seinen Träumen oder Hoffnungen, seiner Angst vor dem Älterwerden und vor dem Tod, nicht einmal von Dingen, die er gelesen, sich angehört oder angesehen hatte. Mir konnte das nur recht sein, ich hatte kein Interesse daran und erzählte ihm auch nichts von derlei Dingen. Wir waren beste Freunde, die nicht vertrauter miteinander waren als flüchtige Bekannte.

Das Einkommen, das er von mir bezog, war hinreichend, mehr nicht, und er jammerte ständig über seine Finanzlage. Müsste ich ein Thema nennen, das mit Sicherheit bei jedem Besuch, jedem Anruf zur Sprache kam, so war es das liebe Geld. Will stöhnte über die Lebenshaltungskosten, über Handwerkerrechnungen, Fahrgelder, die (geringe) Summe, die er von seiner Pension und dem, was er von mir bekam, an Steuern abführen musste, über die Lebensmittel- und Getränkepreise und die Instandhaltungskosten für sein Haus. Obwohl er keinen Finger für mich rührte, blieb es bei der Fiktion, er sei mein Assistent; den »Sekretär« hatte er als seiner gesellschaftlichen und beruflichen Stellung unwürdig weit von sich gewiesen. Will wusste genau, dass er keinen Penny für geleistete Dienste beanspruchen konnte, sprach aber trotzdem von seinem »Gehalt« – meist, um sich darüber zu beklagen, wie schrecklich niedrig es doch sei. Nachdem er – unangemeldet – bei mir in Somerset aufgekreuzt war mit der erklärten Absicht, zwei Wochen zu bleiben, meinte er, es sei an der Zeit, dass er einen Dienstwagen bekäme.

»Du hast doch ein Auto«, sagte ich.

»Ja. Ein Reiche-Leute-Auto.«

Was das heißen solle, fragte ich.

»Dass du ein Krösus sein musst, um die alte Karre am Laufen zu halten«, sagte er und amüsierte sich, wie immer, königlich über seinen eigenen Witz.

In den nächsten Tagen aber fing er immer wieder von diesem Wagen an. Was ich denn mit meinem Geld anfangen wolle, fragte er. Wofür ich denn sparte, da ich doch keine Kinder hätte? Ihn an meiner Stelle würde es unheimlich glücklich machen, wenn er anderen Menschen eine Freude bereiten könnte, ohne dass ihm selbst dabei etwas abginge. Zu guter Letzt sagte ich, er könne mein Auto haben, das ich eigentlich beim Kauf eines neuen hatte in Zahlung geben wollen. Es war ein ziemlich feudaler Wagen, erst zwei Jahre alt, an dessen Steuer bisher nur eine vorsichtige Frau in mittleren Jahren, der Liebling aller Versicherungen, gesessen hatte, aber Will war er nicht gut genug. Er nahm ihn, aber nur nörgelnd, und wir zerstritten uns. Ich wies ihm die Tür, und er fuhr mit meinem Auto nach London zurück.

Und deshalb sagte ich ihm nichts, als der Brief des Anwalts kam. Wir sprachen selten über Persönliches, aber normalerweise hätte ich ihm von dem Brief erzählt. Ich hatte sonst niemanden, dem ich es hätte erzählen können, und ohnehin wäre er in diesem Fall der Nächstliegende gewesen. Aber zum ersten Mal in all den Jahren war der Kontakt zwischen uns abgerissen. Er hatte nicht einmal angerufen. Seine letzten Worte, mit Armesündermiene aus dem Seitenfenster heraus gemurmelt, waren eine mürrische Bitte gewesen, ich möge ihm trotz allem nicht die Zuwendung streichen.

So sahen denn nur meine Augen den Brief, berührte sein Inhalt nur mein Herz. Er kam aus einem Anwaltsbüro der City und war sehr behutsam formuliert. Natürlich hätte nichts den Schock mildern können, aber ich vermerkte dankbar das schrittweise Heranführen und Worte wie »behaupten«, »hindeuten«, »geltend machen«, »Möglichkeit«. Sehr sanft, sehr schonend wurde ich gebeten, mich vorzubereiten, es sei vorläufig überhaupt noch nicht nötig, bestimmte Schlüsse zu ziehen.

Ich konnte nicht stillsitzen, sondern ging unruhig auf und ab, den Brief in der Hand. Nach einer Weile kam mir in den Sinn, dass es sich um einen üblen Scherz handeln könne. Ich dachte daran, wie Will damals meine Mutter hatte anrufen und ihr mit der Stimme eines Franzosen jene hoffnungsvolle Botschaft hatte übermitteln wollen. War auch dies Wills Werk? Ich rief die Anwälte an und nicht Will. Jawohl, hieß es, in ihrer Kanzlei hätten tatsächlich ein Mann und eine Frau vorgesprochen und behauptet, Mr. und Mrs. Piers Sunderton zu sein.

# 9

Ich bin keine leichtgläubige Person. Ich bin zurückhaltend, unliebenswürdig, mürrisch, grämlich und ungesellig. Lange, ehe ich reich wurde, war ich argwöhnisch. Ich misstraute meinen Mitmenschen und stellte ihre Motive in Frage, denn meine Erfahrungen waren nicht dazu angetan, mich an selbstlose Liebe glauben zu lassen. Ich war nie geliebt worden, aber dadurch hatte ich mich nicht verhärtet, sondern träumte nach wie vor von Liebe und wusste doch nicht, wie ich nach ihr suchen sollte. Ständig begleitete mich in den Jahren der Einsamkeit die krankhafte Angst, jeder, der sich um meine Bekanntschaft bemühte, habe es auf mein Geld abgesehen.

In meinem Londoner Haus gab es zahlreiche Fotos von Piers. Meine Mutter hatte sie gewissenhaft gehütet, ich aber hatte seit ihrem Tod die Bilder kaum mehr angesehen. Jetzt breitete ich sie vor mir aus und betrachtete sie genau. Piers als Baby auf dem Arm meiner Mutter, Piers als Kleinkind, als Schuljunge, mit mir, mit unseren Eltern und mit mir. An Rosarios Farben erinnerte ich mich noch – die blasse Haut, das lange, sattbraune Haar –, und daran, wie klein von Statur, wie zierlich sie war, nicht aber an ihr Gesicht, ihre

Züge, deren Form, Anordnung und Relation zueinander. Von ihr hatte ich kein Foto.

Ich hatte zwar erhebliche Zweifel, ob es sich bei diesem Paar tatsächlich um meinen Bruder und seine Frau handelte; dass Piers aber, falls er geheiratet hatte, nur Rosario zur Frau genommen haben konnte, stand für mich von Anfang an fest. Unlogisch? Grotesk? Solche Überzeugungen, die sich emotional bei uns festsetzen, haben wir weder zu verantworten noch können wir uns ihnen entziehen. Wenn es wirklich Piers ist, den ich in Kürze sehen werde, sagte ich mir, während ich mich fertig machte, um mit dem Taxi nach London hineinzufahren, muss die Frau an seiner Seite Rosario sein.

Ich hatte Angst. So etwas war noch nie passiert. So weit war es noch nie gekommen. Aus keiner der unzähligen Meldungen jener ersten Monate, sie seien in Rom, in Neapel, Madrid, London, in Tirol oder auf Malta gesehen worden, hatte sich mehr ergeben als hin und wieder ein bedauernder Anruf der jeweils zuständigen Polizeibehörde. Später dann waren Personen aufgetaucht, die Ansprüche geltend machten, armselige Geschöpfe, die eines Tages vor meiner Tür standen und nicht genug Verstand gehabt hatten, sich auch nur mit den grundlegenden Fakten über Piers' Kindheit vertraut zu machen: blonde Männer, dicke Männer, kleine Männer, solche, die zu jung und solche, die zu alt waren. Es müssen an die zehn gewesen sein. Kein Einziger war weiter als bis in die Diele gekommen. Diesmal aber hatte ich Angst, diesmal meldete sich meine Intuition und sagte: »Er ist von den Toten zurückgekehrt«, und ich versuchte sie zum Schweigen zu bringen, ich rief Verstand und Vorsicht zu Hilfe, doch erneut und diesmal beharrlicher flüsterte die Stimme.

Es war klar, dass sie sich bis zur Unkenntlichkeit verändert hatten. Was nützte es, Fotos anzuschauen? Was nützen dir Fotos eines Sechzehnjährigen, wenn du einen Sechsundfünfzigjährigen erkennen willst? Drei Minuten wartete ich in einem Vorzimmer. Ich habe diese Minuten gezählt. Nein, ich habe die Sekunden gezählt, aus denen sie sich addierten. Als die Sekretärin zurückkam und mich hineinführte, zitterte ich.

Der Anwalt saß hinter seinem Schreibtisch, auf einem Stuhl links und auf einem Stuhl rechts von ihm saßen ein hoch aufgeschossener, grauer Mann und eine kleine füllige Frau, die sehr spanisch aussah, das Gesicht braun und noch glatt, das dunkle, mit Weiß durchzogene Haar straff zurückgekämmt. Sie schauten mich an, und die beiden Männer erhoben sich. Ich wusste nichts zu sagen, aber in meine Augen traten Tränen. Keine Tränen der Liebe oder des Erkennens, des Glücks oder des Leids, nein, ich weinte um das, was die Zeit hoffnungsvollen jungen Männern und Frauen antun kann, die Zeit, die ihnen die Figur zerstört und das Antlitz verheert und ihnen Staub aufs Haar streut.

Mein Bruder sagte: »Petra!«, und meine Schwägerin sagte – wie gut erinnerte ich mich jetzt an ihre Stimme, das stark akzentuierte Englisch war ganz genau wie damals: »Bitte verzeih uns, es tut uns so Leid.«

Ich hätte gern meinen Bruder geküsst, aber ich konnte wohl schlecht an einen Fremden herantreten und ihm einen Kuss geben. Meine Zunge war gelähmt. Der Anwalt begann für uns zu reden, aber an das, was er sagte, habe ich keine Erinnerung, ich nahm nichts davon auf. Er legte mir Schriftstücke vor, so genannte »Beweise«, ich warf einen Blick darauf, aber die Buchstaben blieben unsichtbar. Wenn ich schon nicht sprechen konnte, so konnte ich doch denken. Ich werde in mein Haus aufs Land fahren, dachte ich, ich werde sie mit aufs Land nehmen.

Piers hatte angefangen, Erklärungen vorzutragen. Ich hörte etwas von Madrid und Südfrankreich. Ich hörte »geschämt« und »zu spät«, die traurigsten Worte der englischen Sprache, wie es jemand mal ausgedrückt hat, und dann fand ich meine Stimme wieder und sagte:

»Das brauche ich jetzt alles gar nicht hören, ich verstehe schon, das könnt ihr mir alles später erzählen, viel später.«

Verlegen murmelte der Anwalt etwas von »unvermeidlichen rechtlichen Schritten«.

»Was für rechtliche Schritte?«, fragte ich.

»Wenn es Mr. Sunderton gelingt, das Gericht von seiner Identität zu überzeugen, hat er selbstverständlich Anspruch auf den Besitz Ihres verstorbenen Vaters.«

Ich kehrte ihm den Rücken zu, denn ich kannte die Identität von Piers, Beweise waren nicht vonnöten. Piers stand jetzt mit niedergeschlagenen Augen da, ein müder, ausgelaugter Mann, der einen kränklichen Eindruck machte. Er sagte: »Rosario und ich gehen jetzt ins Hotel zurück. Es wird am besten sein, wenn wir Petra die Entscheidung überlassen, wann sie uns wiedersehen will.«

»Es wird am besten sein«, sagte ich, »wenn wir uns erst einmal wieder kennen lernen. Ich möchte, dass ihr mit mir aufs Land kommt.«

Wir fuhren, oder vielmehr Rosario und ich fuhren in mein Haus bei Wincanton. Piers musste, kaum dass er einen Schritt über meine Schwelle getan hatte, schnellstens ins Krankenhaus. Er laborierte schon seit Wochen an einer Blinddarmentzündung herum, ein Durchbruch drohte, und die Operation erfolgte in letzter Minute.

Rosario und ich besuchten ihn täglich. Wir saßen an seinem Bett und redeten, wir hatten alle so viel zu sagen. Und ich war fasziniert von diesen Menschen, die einst, wie wir alle, jung gewesen waren, die aber, so schien es, von Halbwüchsigen unvermittelt zu einem Paar in den Fünfzigern geworden waren, ohne dazwischen junge Erwachsene oder ein Mann und eine Frau in mittleren Jahren gewesen zu sein. Sie gingen sehr liebevoll miteinander um. Sie waren ein ideales Paar. Rosario wusste offenbar immer ganz genau, was Piers haben wollte, dass er nur kernlose Trauben aß, dass er gern las, im Krankenhaus aber nur in Zeitschriften blätterte, dass die Hausschuhe für den Gang zum Tagesraum aus Filz sein mussten, nicht aus Leder. Pralinen mochte er nicht, es hatte gar keinen Sinn, ihm welche mitzubringen.

»Früher hat er sie leidenschaftlich gern gegessen«, sagte ich.

»Die Menschen ändern sich, Petra.«

»In mancher Hinsicht ändern sie sich überhaupt nicht.«

Ich nahm Rosario ins Verhör. Nach dem ersten Schock, dem ersten Glück konnte ich nicht anders, ich musste die Rolle des Inquisitors übernehmen, musste ihren Anspruch prüfen, obschon ich ja so gut wusste, wie es sich wirklich verhielt. Sie bestand meine Prüfung sehr gut, konnte sich an das Mallorca jener fernen Tage sogar besser erinnern als ich. So hatte ich unsere Fahrt zum Kloster von Lluc und die süßen Stimmen der Chorknaben vergessen, erinnerte mich aber wieder, als sie mich darauf hinwies. Dass unsere Eltern in Palma auf einem Besuch im *Mansión de Arte* bestanden hatten, fiel mir jetzt wieder ein, und ich erinnerte mich an die Goya-Radierungen, die uns langweilten, die wir uns aber auf Wunsch meiner Mutter alle hatten ansehen müssen.

José-Carlos und Micaela waren seit einigen Jahren tot. Ich merkte, dass Rosario nicht gern von ihnen sprach, sie schien sich zu schämen. Und damit kamen wir zu dem Stolperstein, der Hürde, die sich vor uns aufbaute, sobald wir auf ihr Verschwinden zu sprechen kamen. Warum hatten sie sich nie gemeldet? Warum hatten sie uns solchen Kummer gemacht und uns in dem Glauben gelassen, sie seien tot?

Rosario konnte mir ebenso wenig einen Grund nennen wie später Piers – außer ihrer Scham. Sie hätten nie meinen und ihren Eltern unter die Augen treten können, da war es schon besser, wenn wir uns mit ihrem Tod abfanden. Leichter fiel ihnen die Erklärung, warum sie überhaupt weggelaufen waren.

»Wir haben uns vorgestellt, wie geredet worden wäre, wenn wir gesagt hätten, wir wären verliebt. Stell dir das einmal vor! Wir waren sechzehn und fünfzehn, Petra. Aber wir hatten Recht, nicht? Wir sind im Grunde heute noch verliebt, deshalb hatten wir Recht.«

»Man hätte es euch nicht geglaubt«, sagte ich.

»Man hätte uns getrennt, allenfalls hätten wir uns vielleicht in den Schulferien treffen dürfen, das hätte uns umgebracht, wir sehnten uns so unsäglich nacheinander, einer konnte nicht ohne den anderen sein. Inzwischen ist das natürlich anders geworden, ich vergehe nicht vor Sehnsucht, nur weil Piers im Krankenhaus liegt, während ich hier bin. Aber es ging nicht nur mir so, Petra, sondern auch Piers. Es war seine Initiative, dass wir ... gegangen sind.«

»Hat er denn nicht an seine Ausbildung gedacht? Er war so begabt, die Zukunft stand ihm offen. Das alles hinzuwerfen für ... ich meine, er konnte schließlich nicht voraussehen, dass es Bestand haben würde.«

»Ich muss dir etwas sagen, Petra. Piers war nicht das Genie, für das du ihn gehalten hast. Vor eurem Sommerurlaub war dein Vater zu Piers' Direktor bestellt worden, und der hatte ihm gesagt, dass Piers die zunächst in ihn gesetzten Hoffnungen nicht erfüllte. Er würde den Studienplatz in Oxford nicht bekommen, ja, wenn er so weitermachte, könne er von Glück sagen, überhaupt zum Studium zugelassen zu werden. Sie haben es geheim gehalten, haben es dir nicht gesagt, nicht einmal deine Mutter hat es erfahren, aber Piers wusste Bescheid. Was hatte er zu verlieren, wenn er mit mir durchbrannte?«

»Seine Bequemlichkeit«, sagte ich, »sein Heim, Sicherheit – und mich und seine Eltern.«

»Er hat gesagt – verzeih! –, dass ich das alles aufwiege.«

Sie war sehr lieb zu mir. Nichts war ihr zu viel. In den langen Jahren der Einsamkeit war meine Zunge durch ständigen Nichtgebrauch ungelenk geworden, hatte ich einsiedlerische Gewohnheiten angenommen, doch ihr Frohsinn, ihr Charme nahmen mich gefangen. Ich erlebte zum ersten Mal, dass mir jemand Pläne für den Tag vorlegte, auch wenn das Programm sich oft nur darauf beschränkte, dass sie sagte, sie würde mir das Frühstück ans Bett bringen, und hinterher könnten wir im Garten spazieren gehen und draußen picknicken. Wenn Schweigen angebracht war, schwieg sie, und wenn ich gern geredet hätte, aber nicht recht wusste, wie ich anfangen sollte, redete sie für mich, bis wir unversehens in eine angeregte Unterhaltung vertieft waren, bei der wir nach und nach gemeinsame Neigungen entdeckten. Bald waren wir gute Gefährtinnen, und bis Piers nach Hause kam, waren wir Freundinnen geworden.

Das Gespräch über die Ereignisse am Tag ihrer Flucht hatte ich aufgeschoben, bis wir alle wieder beisammen waren. Wenn Rosario davon anfangen wollte, hieß ich sie schweigen und fragte sie stattdessen nach ihrem Leben auf dem spanischen Festland. Es war eine Kette teils haarsträubender, teils erheiternder Abenteuer gewesen. Rosario war ein ausgesprochenes Erzähltalent und unterhielt uns mit ihren Geschichten, während wir am flackernden Feuer saßen. Manchmal meinte ich einem alten spanischen Abenteuerroman zu lauschen, voll von spannenden Ereignissen, Anekdoten, skurrilen Figuren und Rettungen in letzter Minute, wobei es leider nicht immer ganz geradlinig und einwandfrei zuging. Piers hatte sich sehr schnell geändert, oder sie hatte ihn geändert.

Sie hatten in Hotels gearbeitet, wo ihnen ihr Englisch zustatten kam. Rosario war sogar Zimmermädchen gewesen. Später hatten sie Beschäftigung als Fremdenführer gefunden, und eine Weile – wunderliche Übereinstimmung mit Wills Szenario! – zu einer von Piers rasch improvisierten Gitarrenbegleitung in Cafés gesungen. Als Hotelangestellte – inzwischen waren sie in Madrid – hatte Rosario zwei Gästen die Pässe gestohlen, mit denen sie aus Spanien ausgereist und durch Südfrankreich gezogen waren. Die Namen der Passinhaber wurden zu den ihren, und unter diesen Namen ließen sie sich in Nizza trauen, als er achtzehn und sie siebzehn war.

»Wir hatten ein Kind, einen kleinen Jungen«, sagte sie.

»Er starb an Meningitis, als er drei war, und danach kamen keine mehr.«

Ich dachte an meine Mutter und legte meine Arme um sie. Ich, die ich ein Leben in frostiger Kälte geführt habe, finde es überhaupt nicht schwer, Rosario gegenüber Gefühl zu zeigen. Ich, die ich vor Emotionen jeder Art zurückschrecke, kann ihnen bei Rosario – und jetzt auch bei meinem Bruder – freien Lauf lassen. Als er wieder zu Hause und genesen war und sich in seinen Zügen Spuren jenes Piers ausmachen ließen, den ich vor so langer Zeit gekannt hatte, war es für mich ganz selbstverständlich, auf ihn zuzugehen, seine Hand zu nehmen und ihn auf die Wange zu küssen. Im Haus von Bekannten hatte ich die hübsche Sitte kennen gelernt, dass die Gastgeber ihre Gäste, ehe sie sich auf ihre Zimmer zurückziehen, mit einem Gutenachtkuss verabschieden. Aus irgendeinem Grunde – vielleicht wegen der spürbaren Kälte, die von mir ausging – hatte ich selbst nie einen solchen Kuss bekommen. Jetzt aber – und ich tat, so erstaunlich es klingen mag, den ersten Schritt – gab ich beiden einen Kuss zur guten Nacht, und wenn wir uns am nächsten Morgen wieder sahen, küssten wir uns wieder.

An einem Abend, es war schon spät, bat ich sie, mir von dem bewussten Tag zu erzählen, jenem Tag, der so schrecklich zu Ende gegangen war, in Angst und gleißend-leerem Mondlicht. Sie sahen weg von mir und wechselten einen wehmütig-erinnerungsschweren Blick. Es war Rosario, die mit dem Bericht begann.

Seit unserem ersten Besuch hatten sie sich tatsächlich mehrmals in dem Spukhaus getroffen. Dort konnten sie ungestört miteinander allein sein, und dort hatten sie zitternd und zagend und doch kühn entschlossen ihre Flucht geplant. Ich erwähnte den Mann in jenem Zimmer, denn inzwischen war ich davon überzeugt, dass es ein lebendiger Mensch gewesen war, den ich durch eine Glasscheibe gesehen hatte, und kein Gespenst im Spiegel, aber damit konnten sie nichts anfangen. In der *Casita* waren sie immer ganz für sich gewesen. Für jenen Tag hatten sie sich entschieden, weil wir anderen zu den maurischen Gärten gefahren waren, hatten aber ansonsten keine Vorbereitungen getroffen und einfach etwas außerhalb des Dorfes den Nachmittagsbus nach Palma bestiegen. Rosario verfügte, wie wir ja wussten, über etwas Geld. Es reichte für die Schiffskarten von Palma nach Barcelona.

»Hätten wir es ihnen gesagt oder einen Brief hinterlassen, hätten sie uns gefunden und zurückgebracht«, sagte Rosario schlicht.

Sie hatte an jenem Tag eine goldene Kette mit einer Kamee getragen, die sie verkaufen konnte, und einen goldenen Ring am Finger.

»Den Ring mit den beiden kleinen Türkisen«, sagte ich.

»Ja, den. Meine Großmutter hatte ihn mir geschenkt, als ich ein kleines Mädchen war.«

Sie hatten alles verkauft, was sie an Wertsachen besaßen, Piers' Uhr und seinen Füllfederhalter und seine Kamera.

Der Ring, sagte Piers, habe ihnen das Leben gerettet, als sie ohne Arbeit und halb verhungert gewesen seien. Später waren sie recht wohlhabend geworden, denn Piers nutzte, wie mein Vater, das Geschäft mit Touristen. Er tat sich mit einem Mann zusammen, den sie in Marseille in einem Café kennen gelernt hatten, und jahrelang besaßen sie ein eigenes Hotel.

Warum waren sie also zurückgekommen?

Sie hatten ihr Unternehmen verkauft. In den Todesanzeigen eines spanischen Blattes, das sie manchmal in die Hand bekamen, hatten sie gelesen, dass Micaela als Letzte von unseren Eltern gestorben war. Offenbar schämten sie sich vor mir nicht ganz so sehr. Dafür hatte ich Verständnis, ich war ja nur die Schwester. Jetzt also war alles klar. Während ich sie mit täglich wachsender Zuneigung betrachtete, fragte ich mich, wie ich je an ihrer Identität hatte zweifeln, wie ich je hatte denken können, sie seien alt und bis zur Unkenntlichkeit verändert.

Es war nun an der Zeit, Will einzuweihen. Wir hatten uns wieder vertragen. Ich hatte den Riss gekittet, hatte ihn zum ersten Mal von mir aus angerufen. Weil ich glücklich war, weil das Glück mich milde stimmte. Seit Piers und Rosario bei mir waren, hatte er mich immer mal wieder angerufen, wie es seine Art war, und ein, zwei Mal hatten wir uns in der Stadt getroffen, aber ich hatte die beiden nicht erwähnt. Das tat ich auch jetzt nicht, ich lud ihn einfach zu einem längeren Besuch ein.

Für mich waren sie Bruder und Schwägerin, vertraute, geliebte Gestalten, deren Gesichter mir schon unsäglich teuer geworden waren, aber ich wusste, dass er sie nicht erkennen würde. Nicht, dass ich einen Test mit ihnen machen wollte, ich brauchte keinen Test, aber der Gedanke, sie unvorbereitet einander gegenüberzustellen, amüsierte mich. Ohne eine kleine Täuschung würde es nicht gehen, und widerstrebend willigten sie ein, sich von mir als »meine Freunde Mr. und Mrs. Page« vorstellen zu lassen.

In den ersten Minuten nahm er das offenbar hin. Ich beobachtete ihn, ich merkte, dass seine Hände zitterten. Dann konnte er den Verdacht nicht mehr ertragen und platzte heraus: »Es sind Piers und Rosario, ich weiß es.«

Die Zeit hatte ihm den Blick nicht verstellen können, sie allerdings gestanden mir später unabhängig voneinander, dass sie ihn, hätte man ihnen vorher nichts gesagt, nie erkannt hätten. Der rothaarige Junge, der »eine Haut weniger« besaß, hatte sich dem dicken rotgesichtigen Glatzkopf nicht nur angepasst, sondern sich in ihm völlig verloren.

Ob sie oft an die Bemerkung des Anwalts von den unvermeidlichen rechtlichen Schritten dachten, weiß ich nicht. Als sie mir zum zweiten Mal in den Sinn kamen, sprach ich ganz offen mit ihnen darüber. Wir standen uns inzwischen schon so nah, dass ein Rechtsstreit undenkbar gewesen wäre. Ich sagte Piers, dass ich meinen Besitz einfach teilen würde, die eine Hälfte sollte ihnen, die andere Hälfte mir gehören. Sie waren betroffen, sie sträubten sich, natürlich sträubten sie sich. Zu guter Letzt aber gelang es mir, sie zu überreden. Schwerer schon fiel es mir, meinen Wunsch auszusprechen, den Grundbesitz selbst zu halbieren, das Londoner Haus, die Farm in Somerset, mein Apartment in New York, wortwörtlich, mittendurch. Nur wenige Menschen hatten früher meine Gesellschaft gesucht, und ich fürchtete, sie könnten darin einen Bestechungsversuch sehen oder einen Missbrauch meiner Machtposition. Rosario aber sagte nur:

»Doch hoffentlich nicht allzu genau mittendurch, Petra. Miteinander teilen wäre schöner.«

Nur eins bedang ich mir aus – dass nach meinem geänderten Testament später alles, was ich besaß, an mein Patenkind, Tante Sheilas Tochter, gehen sollte, und damit war Piers sofort einverstanden, denn er wollte seinen Besitz der Tochter seines früheren Partners aus der Hotelbranche vermachen.

Und so lebten wir. So leben wir jetzt seit über einem Jahr. Noch nie bin ich so glücklich gewesen. Meist ist es nicht ganz einfach, als Dritte im Bunde mit einem Ehepaar zusammen zu sein. Entweder stehen die Partner sich so nah, dass man zu stören meint, oder die Frau sieht einen als Verbündete gegen ihren Mann. Und wenn man jung ist, besteht die Gefahr, dass man dem Mann näher kommt, als einem gut tut. Bei Piers und Rosario lagen die Dinge anders. Ich glaube wirklich, dass sie beide mit mir genauso gern zusammen waren wie miteinander. In diesen wenigen Monaten gewannen sie mich lieb, und ich, die ich seit Piers' Verschwinden niemanden geliebt hatte, erwiderte ihre Liebe. Sie haben mir gezeigt, dass man warmherzig und gütig werden, dass man das Lachen und das Sichfreuen lernen kann, auch wenn man ein langes, kaltes Leben hinter sich hat. Sie haben etwas in mir aufgeschlossen und einen lebhaften Geist befreit, der wohl schon immer da war, aber lange Jahre angekettet in einem dunklen Raum geschmachtet hat.

Es ist jetzt zwei Wochen her, seit sich die Polizeibehörde auf Mallorca mit mir in Verbindung gesetzt und mir mitgeteilt hat, was die Archäologen gefunden haben. Es wäre ihnen eine Hilfe und sicherlich auch für mich eine gewisse Befriedigung, wenn ich nach Mallorca kommen und eine Identifizierung vornehmen könnte – nicht der sterblichen Überreste, dafür war zu viel Zeit vergangen, aber eine Identifizierung gewisser in den Höhlen gefundener Gegenstände.

Wir waren in Somerset, und Will war wieder einmal auf Besuch. Eigentlich könnten wir doch alle zusammen hinfahren, meinte ich. Seit damals hatte ich die Insel gemieden, aber inzwischen hatte sich die Situation geändert. Nichts, was ich dort sehen mochte, konnte mir Schmerz bereiten. Solange ich Piers und Rosario hatte, war ich gegen jeden Schmerz gefeit, war wie geborgen in der warmen Hülle ihrer Zuneigung.

»Dann begreife ich aber nicht«, sagte Will, »wieso du

überhaupt hinfahren willst. Die Schmuckstücke, die Kleider oder was es auch sein mag, können nicht Piers oder Rosario gehört haben, denn die haben ihr Zeug verkauft. Warum willst du etwas identifizieren, was du in Wirklichkeit gar nicht identifizieren kannst?«

»Ich möchte die Insel wiedersehen«, sagte ich. »Ich möchte sehen, wie sie sich verändert hat. Diese Polizeigeschichte ist nur ein Vorwand.«

»Wahrscheinlich haben sie auch Knochen gefunden«, sagte er, »und vielleicht mehr als das, selbst nach so langer Zeit.« Er hatte seit jeher einen Hang zum Makabren. »Hat die Polizei dir verraten, wie die Sachen in die Höhlen gekommen sind?«

»Durch eine Art Strudelloch von oben, nimmt man an, einen Spalt in den Klippen, der mit einem Stein abgedeckt war.«

»Was hältst du davon, dorthin zurückzukehren, Piers?«, fragte Rosario.

»Das werde ich erst wissen, wenn ich da bin«, erwiderte er. »Aber wenn Petra hinfährt, fahren wir mit. Wird das jetzt nicht immer so sein?«

# 10

Als ich heute früh aufwachte, hatte ich keinerlei ungute Gefühle. Ich empfand weder Angst noch Hoffnung. Dies war nur eine lästige Aufgabe, die den Behörden zu Gefallen erledigt werden musste, weil es meine »Bürgerpflicht« war. Dennoch merkte ich, dass mich mein Zimmer beengte, trotz der weit geöffneten Fenster, trotz Balkon und Seeblick, und ich machte die Bestellung beim Zimmerservice rückgängig und ging zum Frühstück nach unten.

Zu meiner Überraschung fand ich die anderen schon im Terrassensaal. Noch war es nicht warm genug, so früh am Morgen schon im Freien zu sitzen. Sie hatten mich nicht kommen sehen, hatten die Köpfe über dem Tisch zusammengesteckt und sprachen miteinander. Ich war versucht, leise heranzutreten und Rosario leicht und liebevoll eine Hand auf die Schulter zu legen, hatte aber das unbestimmte Gefühl, dass ich sie damit erschrecken würde. Stattdessen rief ich ein »Guten Morgen«, das unbeschwert klang, weil es unbeschwert war.

Drei besorgte Gesichter wandten sich mir zu, doch gleich darauf trat an die Stelle der Besorgnis bei meinem Bruder und seiner Frau ein entschlossenes Lächeln, bei

Will ein Ausdruck der Wachsamkeit. Es stellte sich heraus, dass sie sich meinetwegen Sorgen machten, dass sie die Köpfe zusammengesteckt hatten, um über die Auswirkungen der vor mir liegenden schweren Prüfung, wie sie es nannten, zu beraten. Was sie fürchteten, waren Bilder des Grauens, ein Blick ins Beinhaus. Einer von ihnen – oder alle drei – sollten mit mir gehen. Offenbar meinten sie, ich hätte ein behütetes Leben geführt, und im Vergleich zu dem ihren mochte das auch stimmen.

»Ich gehe ja nicht in die Höhlen«, sagte ich und bestellte mein Frühstück, »sondern in ein nüchternes Büro, und ich denke mir, dass dort alles ausgestellt und beschriftet sein wird wie in einem Museum.«

»Aber du wirst allein sein.«

»Nicht wirklich allein. Ich weiß ja, dass ihr nur wenige Kilometer von mir entfernt auf mich wartet.«

Der Tisch war leer bis auf ihre Kaffeetassen. Sie hatten alle nichts gegessen. Meine Brötchen kamen und Butter und Marmelade, Obst und Saft. Ich hatte plötzlich ungewöhnlichen Hunger.

»Was wollen wir hinterher machen?«, fragte ich. »Wir können uns ein Boot nehmen und mittags in Formentor essen, oder wir könnten nach Lluc fahren. Vergesst nicht, dass wir heute Abend im Parador Golondro sind. Haben wir einen Tisch bestellt?«

»Sei mir nicht böse, Petra, das hatte ich ganz vergessen«, sagte Piers.

»Vielleicht kannst du es erledigen, während ich weg bin.« Eine leise Furcht regte sich in mir. Ich weiß nicht warum, wollte ich eben schreiben. Aber ich wusste es ja … »Ihr werdet doch alle hier sein, wenn ich zurückkomme?«

Rosarios Stimme klang völlig verändert. Noch nie hatte ich diesen Ton der Bitternis darin gehört. »Wo sollten wir denn sonst hin?«

Pünktlich um zehn kam der Wagen. Der Fahrer wandte sich gleich ins Binnenland, und von der Straße aus, kurz vor dem Abzweig nach Muralla, konnte ich unvermittelt dort, wo sich die Hügel teilen, ganz deutlich die *Casita* sehen. Die Farbe kam mir intensiver, leuchtender vor, ein goldener Ockerton, es mochte an einem frischen Anstrich liegen oder an der Sonne. Doch wann scheint die Sonne nicht? Die gelben Hügel mit ihren grauen und dunkelgrünen Gobelinstichen rückten wieder zusammen wie Schiebetüren, und das Haus zog sich dahinter zurück.

Ich hatte Recht gehabt mit dem, was mich in Muralla erwartete: ein neues Bürogebäude aus diesem körnig-weißen Beton, der allenthalben das Mittelmeer verschandelt und noch am ehesten Ähnlichkeit mit billigen Eiscremeblöcken hat. Innen, im »Atrium« – bestimmt nennen sie es so – wucherte ein Wald von Plastikpflanzen. Sogar eine kleine Kollektion von Erdbeerbäumen aus Plastik hatten sie dort – in Schaumstoffamphoren. Über Dschungelpfade führte man mich zu einem Zimmer mit der Aufschrift *privado,* und erst hier, als zwei weitere Polizeibeamte zu uns traten und ein Schlüssel für das Zimmer hervorgeholt wurde, überkam mich ein Gefühl nahenden Unheils, und wie ein Bläschen stieg die Angst in meiner Kehle hoch, so dass ich nach Luft schnappte.

Sie waren sehr freundlich. Es waren große, starke Männer, denen es Freude machte, das zu tun, wozu die Natur sie geschaffen hatte: eine Frau vor den Unerfreulichkeiten des Lebens zu schützen. Einer sprach leidlich Englisch. Ich möge so freundlich sein, mir die Gegenstände sehr sorgfältig anzuschauen und zu überdenken, was ich gesehen hatte, und dann würden sie mich hinausbringen und mir ein, zwei simple Fragen stellen. Unerquickliches hätte ich nicht zu befürchten. Die Knochen, die man in der Höhle gefunden hatte ... er entschuldigte sich förmlich dafür, dass sie da waren. Ich brauchte sie mir nicht anzusehen.

»Ich würde sie gern sehen«, sagte ich.

»Nach so langer Zeit lassen sie sich nicht mehr identifizieren.«

»Ich würde sie gern sehen.«

»Wie Sie wünschen.« Er zuckte die Schultern, und dann machten sie die Tür auf.

Ein leeres Zimmer. Ein Zimmer mit Schubfächern und Arbeitsflächen wie in einem Sezierraum, nur waren alle Oberflächen aus hellem poliertem Holz, und an den Fenstern hingen hellgraue Lamellenvorhänge. Schubfächer wurden vorgezogen, Tabletts herausgenommen und auf den langen Mitteltisch gestellt. Ich näherte mich langsam, die Hände ineinander verkrampft, und spürte meine kalten Fingerspitzen in meiner kalten, feuchten Handfläche.

Vor mir lagen zwei Paar Schuhe, ein Paar dunkelblaue Slingpumps aus Leder mit Keilsohle, die Männerschuhe waren das, was wir heute Joggingschuhe nennen, früher sagte man einfach Turnschuhe dazu; ungezieferbenagte Fetzen Stoff, die früher eine Flanellhose, ein Hemd gewesen sein mochten, ein Kleid, an dessen Kragen noch ein Perlknöpfchen hing; eine goldene Kette mit einem Kreuz, eine goldene Uhr mit Armband und Sicherheitskettchen, eine robustere Uhr mit verrottetem Lederarmband, ein Kinderring für den kleinen Finger mit zwei stecknadelkopfgroßen Türkisen an einem drahtdünnen goldenen Reif.

Ich sah mir die Sachen an. Ungerührt, aber den Zuschauern zuliebe mit einem Schein der Anteilnahme. Die Kollektion von Knochen war zu dürftig, um Abscheu hervorzurufen. Konnte das denn alles sein? Vielleicht waren nur ein paar Musterexemplare bis in diesen Raum gelangt. Ich streckte die Hand aus und griff nach einem der langen Knochen. Der Beamte, der mich hergebracht hatte, machte einen Schritt auf mich zu, aber sein Vorgesetzter, der mich scharf beobachtete, hielt ihn zurück. Ich umfasste den Knochen mit beiden Händen, befühlte seine trockene, abgeschliffene Entseeltheit, grau und körnig, sein Alter, das schon so lange ohne Leben war, und legte ihn behutsam wieder hin.

Ich kehrte den Fundstücken den Rücken und habe nie wieder einen Blick darauf getan.

»Das alles habe ich nie zuvor gesehen«, erklärte ich. »Ich kann nichts damit anfangen.«

»Bestimmt nicht? Wenn Sie noch etwas Bedenkzeit brauchen …«

»Nicht nötig. Ich erinnere mich ganz genau, was mein Bruder und meine Cousine anhatten.«

Sie ließen sich Kleidungsstücke von Piers und Rosario beschreiben. Ich zählte Schmuck auf. Ein Anhänger fiel mir ein, den sie bei unserer ersten Begegnung getragen hatte, ein Bild ihrer Mutter in einem Goldrähmchen unter einem mit Zuchtperlen besetzten Deckel.

»Vielen Dank, Sie haben uns sehr geholfen.«

»Zumindest habe ich eine Möglichkeit ausgeschlossen«, sagte ich und wusste, sie würden mich nicht verstehen.

Sie fuhren mich nach Llosar zurück. Die Früchte des Erdbeerbaums brauchen ein Jahr bis zur Reife. Aus der diesjährigen Blüte, die sich jetzt geöffnet hat, entstehen die Früchte, die in zwölf Monaten reif sein werden. Und sobald sie reif sind, werden sie gepflückt, als Obstkuchenbelag. Jäh überfiel mich der dringliche, unsinnige Wunsch, mir die Erdbeerbäume im Hotelgarten noch einmal anzusehen, ehe sie leer gepflückt waren. Ich öffnete selbst die Tür des Wagens, stieg aus und ging zum Hotel, ohne noch einmal zurückzusehen. Doch dann ging ich nicht die Stufen hinauf, sondern schwenkte ab in den schattigen Garten.

Es ist ein hübscher Garten mit geometrisch angelegten Wegen und kleinen rechteckigen Teichen, in denen gelbe Fische schwimmen, Zypressen und Wacholder sind in Gruppen gesetzt, als hätten sie sich zufällig getroffen und wären nur mal eben auf einen Plausch stehen geblieben. Links von mir erhob sich die Terrasse in der Sonne, dahinter war der Swimming-Pool, aber hier unten wuchs der Arbutus, die weißen Blüten glänzten, die roten Früchte flammten und funkelten wie Baumbehang an einem Weihnachtsbaum des Nordens.

Piers und Rosario saßen oben auf der Terrasse. Ich kann nicht recht sagen, woher ich es wusste, denn vorsätzlich hatte ich nicht hingesehen. Ich spürte ihren gequälten Blick, die warme, windstille, erwartungsschwere Luft trug mir ihre Angst zu. Ich wusste alles über sie, ich wusste, wie ihnen jetzt zu Mute war. Sie hatten mich gesehen, deuteten die Tatsache, dass ich gleich hierher gegangen war, als Zorn und Jammer, als das Wissen um Verrat. Natürlich war mir klar, dass ich sofort zu ihnen gehen und dieser Qual ein Ende machen musste, ich musste zu ihnen und die Bewunderung der süß duftenden, schneeigen Blüten, der erdbeerartigen Früchte auf einen anderen Tag verschieben.

Vorher aber pflückte ich noch eine Frucht und steckte sie in den Mund. Was Iris Harvey gesagt hatte, war falsch. Die Früchte waren nicht geschmacklos. Sie schmeckten wie frisches, knackiges Gemüse, scharf und eigenartig, keiner anderen Frucht vergleichbar, die ich je gekostet hatte, aber nicht unangenehm. An diesen Geschmack, dachte ich, könntest du dich gewöhnen.

Ich ging die Stufen zur Terrasse hinauf. Will war nicht in Sicht. Tapfer, so wie ich es von ihnen erwartet hatte, unbesiegten, mutigen Herzens erwarteten sie mich. Sittsam, ja, formell gekleidet im Vergleich zu den anderen Gästen, die im Badeanzug herumsaßen, kamen sie mir dennoch nackt vor, in ihren Augen stand die Tragödie ihres langen, elenden, vergeudeten Lebens. Sie hielten sich bei der Hand.

»Petra«, sagte Piers. Nur meinen Namen.

Es wäre unausdenkbar grausam gewesen, sie noch länger auf die Folter zu spannen. Seit sie bei mir waren, hatte ich gelernt, mich wie ein menschliches Wesen auszudrücken, wie jemand, der versteht, was Liebe ist, der Herzlichkeit kennt.

»Wie traurig ihr ausseht«, sagte ich. »Es ist doch nichts passiert? Das war ein ganz dummer Vormittag, die Fahrt war reine Zeitverschwendung. Sie hatten nichts vorzuweisen außer einem Bündel Lumpen, die ich nie gesehen hatte, und einer Hand voll billigen Tand. Ich weiß nicht, was sie erwartet haben. Dass es etwas mit euch zu tun hätte?«

Sie saßen ganz still. Ich weiß, was eine Schockwirkung ist. Doch dann lockerten sich langsam die ineinander verschlungenen Hände, und Rosario zog die ihre zurück. Ich ging zu ihnen und küsste sie liebevoll. Ich setzte mich auf den dritten Stuhl und lächelte ihnen zu. Und dann fing ich an zu lachen.

»Verzeiht«, sagte ich. »Ich lache nur, weil ich glücklich bin. Kinder lachen, wenn sie glücklich sind. Warum nicht auch wir?«

»Warum nicht?«, sagte Piers, als sei das ein ganz neuer Gedanke, als täte sich eine neue Welt vor ihm auf. »Warum nicht?«

Ich erinnerte mich an jenen Tag vor langer Zeit, an dem mein Bruder die gleiche rhetorische Frage gestellt, auf die gleiche seltsame Art seine Zustimmung bekundet hatte, als Will den Besuch in der *Casita* vorgeschlagen und Rosario Bedenken geäußert hatte. Einen Moment sah ich uns alle an, wie wir damals gewesen waren: Will mit seinem Basthut, die langbeinige Rosario mit dem wie poliert glänzendem Haar, meinen frisch verliebten Bruder. Ich seufzte und verwandelte den Seufzer in ein Lächeln.

»So, und nachdem ich das hinter mir habe, können wir hier bleiben und richtig Urlaub machen. Seid ihr einverstanden?«

»Warum nicht?«, sagte Piers noch einmal, und diesmal erschien Rosario und mir die Wiederholung jener Worte unheimlich komisch, wir fingen beide an zu lachen wie über einen köstlichen Witz, eine umwerfend geistreiche Bemerkung.

So fand uns Will, von Lachen geschüttelt, nachdem er zweifellos aus einem Fenster nach günstigen oder ungünstigen Vorzeichen Ausschau gehalten und entschieden hatte, es sei ungefährlich, zu uns zu stoßen.

»Habt ihr den Tisch im Golondro bestellt?«, fragte ich, heiser vom Lachen, matt vom Lachen.

Will schüttelte den Kopf. Ich wusste natürlich, dass er es nicht getan, dass keiner von ihnen es getan hatte. »Mache ich gleich«, sagte er.

»Beeil dich«, rief ich ihm nach. »Wir wollen feiern. Ich bestelle eine Flasche Champagner.«

»Was feiern wir, Petra?«, fragte Rosario.

»Nur, dass wir wieder hier zusammen sind.«

Sie lächelten, denn ich sah beide so zärtlich an, wie ich nie einen Liebhaber angesehen habe. Und das Gefühl, dem dieser Blick entsprang, war besser als der Blick eines Liebhabers, denn es war bar jeder Selbsttäuschung, bar aller Illusionen. Natürlich hatte ich mich nie täuschen lassen. Ich hatte, wenn nicht sofort, so doch vom dritten Tage an gewusst, dass dies nicht mein Bruder mit seiner Frau war. Kein Mensch, so viel steht fest, kann sich zwei Mal im Leben den Blinddarm herausnehmen lassen. Aber ich hätte es ohnehin gewusst. Mein Blut sagte es mir, mein Instinkt und die dreizehn Jahre mit einem Bruder sagten es mir, dem ich enger verbunden gewesen war als meinen Eltern oder je einem Freund. Ich wusste – seit eh und je –, dass sie ein Betrügerpaar waren, von Will rekrutiert und instruiert. Ich wusste – fast von Anfang an –, dass mir ein übler Streich gespielt worden war in der Hoffnung auf Gewinn für sie und für Will.

Doch man kann es auch anders sehen. Ich habe sie gekauft, und jetzt gehören sie mir. Sie müssen bleiben, sie wüssten sonst nicht wohin. Hat nicht Piers darauf angespielt, als er sagte, wir würden nun immer alles gemeinsam unternehmen? Sie sind meine engsten Gefährten. Wir haben voneinander keinen Gewinn mehr zu erhoffen, wir haben unser Testament gemacht, und wenn einer von uns stirbt, haben die anderen keinen Nutzen davon.

Sie haben mich glücklicher gemacht, als ich es je war. Ich kenne die Menschen. Ich habe sie beobachtet. Ich bin der beste Beweis dafür, dass der Einzelgänger Recht hat mit seinem Leitspruch, der Zuschauer habe immer am meisten vom Spiel. Und ich weiß, dass Piers und Rosario mich jetzt ebenso lieben wie ich sie, und dass sie meine Abneigung gegen Will teilen. Sicher haben sie ihn entschädigt, ich will gar nicht wissen wie, und ich sehe voraus, dass sich das Band, das ihn mit uns verbindet, allmählich lockern wird. Der Anfang war gemacht, als ich ihn ins Hotel zum Telefonieren schickte, als Rosario meinen Blick erwiderte und Piers in einer leicht skeptischen Bewegung die Lippen schürzte.

Soll ich all dem mit einer Konfrontation, mit Anschuldigungen ein Ende machen und sie aus meinem Leben verbannen? Soll ich mich – und diesmal, in meinem Alter, endgültig und unwiderruflich – in jene Einsamkeit zurückziehen, die jetzt, da ich weiß, dass es auch anders geht, noch unerträglicher wäre?

Ich habe den Knochen meines geliebten Bruders in der Hand gehalten. Ich habe seine Sachen gesehen, die über die

Jahre zerfallen, zu Lumpen geworden sind, habe die Überbleibsel eines Schuhs berührt, in dem einst sein kräftiger, schlanker Fuß steckte. Jetzt werde ich mich der Aufgabe zuwenden, ihn zu vergessen. Ich habe einen neuen Bruder, eine neue Schwester, mit denen ich für den Rest meines Lebens glücklich sein kann.

Will ist wieder da, mit dummem Gesicht, weil er nicht begreift, was hier vorgeht, er sagt, dass wir heute um neun im Parador de Golondro, dem Haus der geheimen Wünsche, essen werden. Natürlich ist dies das Stichwort für das typisch britische Gejammer über die späten spanischen Essenszeiten. Nur Rosario hat nichts zu sagen, denn sie ist ja Spanierin. Oder nicht?

Ich nehme mir fest vor, dass ich mich nie bemühen werde, es herauszubekommen, dass ich nie bohren, Fallen stellen, den Versuch einer Überführung machen werde. Ich habe gar nicht das Bedürfnis, Einzelheiten der Verschwörung zu erfahren. Und wenn die Zeit gekommen ist, werde ich mir weder eine Beichte auf dem Sterbebett anhören noch selbst eine ablegen.

Denn als ich vorhin an ihren Tisch trat, um ihnen die Angst zu nehmen, sah ich ihnen an, dass sie sich in mir ebenso wenig täuschen wie ich mich in ihnen. Sie wissen, dass ich weiß und dass wir es in der Liebe zueinander tragen können.